有時，我們遠行

A Long Walk

◎蔡欣洵

媽媽，謝謝您成就了我

目錄

序一

有溫度的文字 ◎ 周錦聰

蔡欣洵是馬來西亞吉打的作家，這是我很早就知道的事。她其中一篇得獎作品《飛的前夕》，是我年少時候反復咀嚼的一篇散文。

後來，通過詩社活動，我才知道蔡欣洵已經在新加坡定居多年，而且還勤於筆耕。這本《有時，我們遠行》，是她筆耕多年的成果。

讀蔡欣洵的散文，我們就知道什麼是有溫度的文字。比如〈老師，斯卡也答〉，她從自己老師的身份，回憶母親身為老師受到的尊敬，讓人動容。她也回憶小學和中學的恩師，再談到自己看過的一部有關山區老師的電影，進而結論：

我們之所以在畢業30年後還記得老師，對老師心存感激，並不是因為他們所教的內容，而是他們所給予我們的溫度。而這種溫度，不是人工智慧能夠給予的。

「老師」這工作是良心工作，不能夠被「人工智慧」取代，因為人工智慧沒有血肉，沒有感情，也沒有溫度。

所有出現在我們生命中的人，總有一些讓人深深懷念。〈英姨〉是一位跟作者一家親密如家人的老鄰居：

平日，英姨煮了一些好吃的，都會喊一聲，然後遞過來。過年，我們家在後院做雞蛋捲，分一大盒給隔壁；英姨蒸了六個小時的年糕，分一些給我們。家裡人出門，誰回來沒有鑰匙，喊一聲，英姨總會帶著後備鑰匙出來。我要出國念書的時候，英姨縫了一個大書包給我。這個書包就一直陪著我讀完大學。我離家那天，她起早摸黑，隔著一道籬笆送我出門。

單單這段有溫度的文字，我們就知道作者和英姨的感情何其深厚，她是多麼期望再見到這位好鄰居。可惜，時過境遷，她們失去聯系了，作者暫時只能通過文字，留住往日的美好和溫馨——當我們讀到以下文字，就更能體味作者為何對英姨懷念特別深：

或者因為我們的住屋都是獨門獨戶，以致少了見面交流，沒有了共同的活動；或者我們每天都長時間在外工作，以致少了閒情社交；又或者我們在城市中對於別人有一定的戒備心。無論是什麼原因，我們都習慣了幾乎見不著鄰居的生活。吊詭的是，在這個所謂「環球村」的時代，我們的「村莊情懷」卻已經逐漸式微。當我們和世界各地的人似乎更靠近時，和我們的近鄰似乎更疏遠了。

欣洵五歲喪父，這樣的人生經驗肯定是沉重的記憶。她對父親的記憶是片面的：

> 就好像舊樓斑駁的牆，殘缺不全，卻時時刻刻都在。關於你的事情，我的記憶也是斑駁的。比如你帶我去看電影《驅魔人》，我記得有個畫面是個嬰兒車沒有人推卻滾下斜坡。還有我們搭渡輪，你一把抱起我，讓我半個身體在渡輪外面給浪花濺上我的臉。或者是你在治療的時候，喜歡吃甜甜的、紅色的楊梅，而我跟你爭著吃。（見〈懷念誰〉）

這樣的回憶，似清晰，似模糊，每次回憶必然是心酸的。更心酸的還在後頭：

> 後來記得的，竟然就是你的葬禮。還沒入殮之前，大人叫我把筷子轉過來給你餵飯。其實也就是點了飯沾在你已變色的唇。你厚重的棺木停柩在家門口，我們穿著黑色的孝服，左袖別上一塊麻布。你出殯，扶靈的人走了好長一段路，我要跟著走，大人卻把五歲的我趕上車。（見〈懷念誰〉）

父親的早逝，讓作者有關父親的記憶非常有限，很多時候只能通過「聽說」還原一些記憶。她有時候不禁懷疑：

> 其實我可以懷念你甚麼呢？沒有實體的人和事，可以懷念的嗎？那幾個破碎

的回憶，已經翻來覆去地懷念了近一輩子，都被磨得啞了。（見〈懷念誰〉）

「都被磨得啞了」刻畫出日日月月、翻來覆去的思念之深刻，讓讀者讀之不禁鼻酸。蔡欣洵對中文動詞的運用異常精準，讓我們得以讀到這類用情至深的文字。

〈外婆的遺產〉也是懷念故人的作品。自從父親離世，外婆便過來幫忙媽媽照顧蔡欣洵和哥哥們，祖孫之間培養起深厚的感情。外婆離世了，對作者的影響卻是一輩子的：

她留給我最珍貴的遺產：一種嚴謹的生活態度，認真、堅毅、刻苦、勤儉，為家庭全心的付出。

如此寫法，讓讀者對「遺產」有了全新的看法，並由衷折服。

生命中難免經歷生離死別，而「死別」往往是無法預知的。十七歲原本是人生的燦爛年華，但是一位不是那麼親密的朋友，突然在這美好的年華離世了！雖然不是親密好友，欣洵還是不時想起這位早逝的朋友，她深有感觸地說：

要到這樣的年紀，經歷了這麼多次親戚朋友的離去，才發現原來不捨，或許是因為身邊的人代表了我們過去的回憶。他們的離開，就像是把我們的一部分歲月帶走，讓我們不知所措。（見〈那年十七歲〉）

由於對生死的本質已經看透，蔡欣洵很勇敢地寫了一則告別書給女兒。她說：

我不是一個完美的人。我所能給你的，實在有限。除了給你幾盞燈，我實在不能代你失望，代你受傷，代你跌倒。我當然也不能代你幸福，代你飛翔。假如我們說再見的時候，你還是少年，請你提著那幾盞燈，慢慢地、謹慎地，摸著石頭過河。（見〈假如我們說再見〉）

蔡欣洵中年得女，患得患失，會擔心自己在孩子成年之前離開世間。有了以上交代，她心裡顯然踏實多了。孩子提著媽媽給的幾盞燈，足以照亮前程。我們無法選擇出生的日期，也難以預知去世的時間，提早對孩子交代，讓雙方面對生離死別時不再驚慌失措。蔡欣洵的這篇充滿溫度的佳作，值得所有父母細讀。

讀了蔡欣洵的散文，我常常在想，這些文字的溫度從何而來？一個字：真。兩個字：真情。欣洵是如何讓自己的文章如此的真呢？我想，她心裡始終住著一個小孩，跑出來提醒她：不要忘記這個人啊！要記住這溫馨的一刻啊！即使沒有實體的人和事，她也通過「聽說」敏感地記在心中。

每個時代都有值得書寫的故人故事。欣洵的筆尖流露真情，寫下來她對故人故事深切而真摯的懷念，讓讀者的心一直被她牽動著。另外，詩意地棲居世間的欣洵，喜歡在每篇散文結尾附上短詩，讓她的散文余音裊裊，讓人愛不釋手。我深信，蔡欣洵心中住著的是純真多情的小孩，觸目皆是盎然的詩意。

序者：周錦聰是馬來西亞得獎無數的作家。主要創作為兒童小說、散文、童詩和新詩，也創作微型小說和文學評論。

序二

人生時間線 ◎ 涂仲儀

我原本還想建議妳把文字和文章整理起來，給自己出一本書，也讓同學和朋友們有一位出書的老同學，讓我們可以光榮地和大家分享妳的著作。沒想到，妳還是比我快了一步。而且，還盛邀我給這本書寫些字。我受寵若驚。

寫這段文字時，我們都剛過了人生的半百。

人生，是一個奇妙的歲月之旅。年輕仿佛還在昨天，但青春早已經走遠。我們在小鎮成長，在一個物資相對貧乏的年代長大。就像妳文中提及的，我們和大自然的接觸最多，於是我們便成了大自然的孩子。我們的玩具，在陽光底下，應有盡有。

回想起來也頗為驚訝的，我們竟然成長在沒有麥當勞，沒有手機，沒有社交媒體和沒有星巴克的年代。這是妳家的小吳絕對無法想像的。我家的筱欣也不例外；她偶爾還會質疑，這到底是不是「傳說」。

文字，是魔術，也是時光機。在妳的筆下，我又不由自主地隨著妳細膩的文字，回到了有稻田和運河的小鎮，還有那州回教堂和它周圍的古跡建築物的畫面，走了一趟時光之旅。

搭上妳的文字時光機的此刻，我們已經有了斑白的頭髮。而這趟時光之旅，剛好發生在疫情期間，是個連回鄉也是奢求的時期。於是，感觸就更深刻了。

《回聲》音樂專輯裡的《遠方》這樣的唱著：「遠方有多遠？請妳，請妳請告訴我，到天涯到海角，算不算遠？」是的，就如妳說的「我們陸陸續續地離開，許多人再也沒有回去」。

同學之中，妳算是其中少數飛到地圖遙遠的另一端去求學的。過後，聽妳細述那段「坎坷」的經歷，我佩服妳的勇氣和決心。

因為理想，因為生活，我們各自踏上自己的旅途，做我們想做的事，或是做我們應該做的事。由于小鎮的就業機會不多，好多同學離鄉深造後，因為事業和生計，在他鄉打拼，漸漸的，他鄉變成了故鄉，故鄉則慢慢的變成了異鄉。

妳說的，「我們在兩地之間付出歲月，交出青春。」

對於我們成長的地方，包括那稻田，運河，母校的牌樓，當時鎮上最好吃的紅豆冰和經濟炒米粉，當我們開始眷戀這些東西時，我們就會覺得「在我們的人生旅途上，發現自己的不足與惆悵」。

偶爾，我腦海裡會蕩漾起《遠行》這首歌裡的「當所有等待都變成曾經，我會說好多精彩的故事給妳聽」。謝謝妳的細心和妳那細膩的文字，述說著這些有著老同學的影子，有著故鄉的畫面和那些年我們成長的足跡的故事。

就這樣的，我們步入了想必誰也沒有心理準備的中年。

祝福和感謝妳，用妳的文字，將不同時空背景和不同年代的讀者，鏈接起來，成了一條美麗又感人的人生時間線。

仲儀

寫於2021年1月24日，半島梳邦客居

序者：涂仲儀醫生是作者深交40多年的老同學。行醫多年，曾經從政，現為醫療器材公司總裁，並在大學教書。涂仲儀也曾經是馬來西亞五份中文報章的專欄作者，出版過兩本書《愚公移山》和《愚公移山2》。

輯一　金黃的稻穗掀起一海的歲月，波濤洶湧

純真的年代

歲末涼涼的雨天，我抱病在家，哀傷漸漸籠罩著我。我在遠方一個濕漉漉的島嶼，靜靜地與那個隨著禾浪起舞的摯友道別。

我成長的八十年代，娛樂甚少。我們的娛樂，是下課的時候和同學閒聊，彈吉他唱歌。那時我們的中學聳立在一大片稻田之間。經過學校的牌樓後，走一段兩旁夾著棕櫚的路，才進入校園。翻土的季節，我們會聞到鄉土的味道。稻米成熟時，風吹過，稻穗沙沙作響，是我們娛樂的背景配樂。

我和如玲，還有其他三個女同學就這樣混起來。雖然我們性格迥然不同，但是我們相知相惜。中學畢業以後，在那個還未環球化的年代，我們就已經往各地飛去，並在往後的30年，在不同的角落扎根。而如玲，一直留在家鄉堅持她最愛的舞蹈事業。

我們沒有互聯網，沒有酒吧泡，沒有很多電影看，沒有玩具，甚至沒有麥當勞。我常常想，相比於現在的年代，我們的成長背景是貧乏的。而或許就是這樣的貧乏，我們更專注於發展我們的興趣和熱忱，比如如玲和她的舞蹈；我們更注意到身邊的人，比如家人和朋友；我們更有時間去無所事事地認識四周的環境；更有空間去感受，去感動。

我曾經讀過一篇報道，說小孩子如果沒有太多玩具，他們會很自然地去發掘好玩的東西，創造自己的遊戲，也會激發他們對自然的認知。我們的年代最根本的生活就是這樣的。

常常我們會以為我們以前因為缺少什麼，所以拼命地給孩子我們所沒有的。卻也因此，他們失去了我們所擁有的最純真的童年。生命是公平的。我們得到一些，就會失去一些。其實，人生，是越簡單，越美好。

所以後來我、如玲，和另外三個女同學，在失去聯絡20年後再聯繫，我們之間竟然沒有任何隔閡。我們閒聊，一如從前。

從如玲再度病發到她離開，我們四人在不同的角落，始終為她掛念，加油打氣。或者這沒有實際的作用，但是人生有很多事情不是有實際的東西就可以解決的，或只有實際經濟作用才要去做的。更多時候，我們只是需要無形的力量，比如一種堅持，一點熱忱，一段情誼，一份愛。

所以如玲，感謝你為我的少年增添一份溫暖，為我的人生增添許多意義，幾分勇氣。

我們的情誼從簡單開始，到美好結束。而我會緬懷這樣一個純真的年代。

我在遠方，細雨綿綿中與你道別
哀傷淹沒成湖
倒影都是你翩翩起舞的樣子
永恆吧，離開囚禁你的桎梏
懷念吧，你十八歲歡暢的自由

那年十七歲

我時不時會想起溪宏。

其實我和溪宏沒有很要好。他是學校舞蹈團的成員，和同樣熱愛舞蹈的如玲很熟悉；而我和如玲是好朋友。溪宏很潮，軍綠色的長校褲裁成當年流行的窄褲腳，長度及到腳踝；頭髮有時用髮蠟整成刺蝟頭，有時前面一撮輕輕地蓋著一邊的額頭，長度不犯規，卻俏皮得剛剛好。學校不管有什麼慶典，他和如玲總是領頭表演舞蹈，一舉手一投足都十分華麗。

我記得那天我在家裡接到明俊的電話，說他們到檳城海邊玩，然後溪宏不見了。第二天，明俊再給我電話，說找到溪宏，漂浮在海面。我記得當時我沒有特別地傷心，因為和他沒有很親近。但是，奇怪的是一直到今天，我都常常想起他。

我們那一屆的同學有個臉書群組，我負責通訊的工作，通過臉書更新同學的動向。從幾年前群組設立到現在，除了回校日，同學小孩畢業等消息，另外，從我這裡發出去的信息，還有訃聞。這麼多年以來，陸陸續續發出了多則老師和同學離世的消息。而同學驟逝最是讓人無限唏噓。

有一年我回去故鄉參加同學會，以為可以和摯友如玲見面，可是她那時已經病入膏肓，於故人拒而不見。一年後，我發出她離開的消息。我和她始終沒有見上一面。

要到這樣的年紀，經歷了這麼多次親戚朋友的離去，才發現原來不捨，或許是因為身邊的人代表了我們過去的回憶。他們的離開，就像是把我們的一部分歲月帶走，讓我們不知所措。

在我們成長的過程中，同學和朋友在不知不覺中和我們一起製造了許多回憶，而這些回憶堆積成了今天的我們。然後我們會疏遠，會因為生活方向的不同而各自精彩。但是多年以後，當我們再見面，卻還是不會生疏，一如當年那樣聊開。只是我們都有太多的俗事纏身，忙著生活，然後我們忘了心裡最牽掛的一些事情，一些人。我們仗著自己正值青年，理直氣壯地奮勇前進，把過去都留在身後。

直到有一天，再也沒有明天。

我三十歲那年去面試時，後來成為我上司的面試官問我為什麼要教書。我說我常常想，我會希望別人在我的葬禮上怎樣提起我。其實，假如有人說，她啟發了我，哪怕有一個人，就已經足夠。我想像到了生命的盡頭時，我看到的會是怎樣的走馬燈似的一生：會有誰經過我的身邊、有誰啟發了我的旅途、有誰讓我看見人生的璀璨、有誰陪伴著我的崎嶇？假如這些都是讓我的一生更精彩的人和事，或許我應該更貪婪一些，積極地堆積這樣的感受罷。

生命如何精彩，如何讓我們心動，在於我們如何珍惜。也許之所以常常想起溪宏，正是因為他十七歲就嘎然而止的生命的贊歌在我心裡不斷地回響，不斷地提醒我那些短暫的美好。

而假如明天我沒有醒來，你會不會懷念我？

偶爾，會想起你的名字
在那遙遠的地方
掛念著你，想念著你
不捨得你提早離開

2018年的同學會，我們追思
提早離開的老師和同學。
https://www.youtube.com/
watch?v=nXNfGRerUfI

禾浪翻風

車子駛過了我才發現錯過了校門口。我們左轉進入學校旁的住宅區去調頭，原來校園和住宅區只隔了一道圍牆。回到校門口，我有點迷失。熟悉的禮堂在一棟嶄新的大樓旁佝僂著，老態龍鍾。而熟悉的牌樓卻往內移去。

以前，怎麼老覺得這條走進學校，兩旁種著棕櫚的路特別長？而禮堂特別宏偉？畢業後最讓我們懷念的，就是這條路了。當年，學校坐落在一大片稻田的正中央。我們騎著摩托車，噗噗噗地經過堂皇的牌樓，夾道的棕櫚和我們一樣頂著赤道的大太陽。禮堂面對著校門口，像立正著的模樣。我們把摩托車停在左邊的有蓋停車場，一排望去，都是高中生形形色色的摩托車。

我高中二的時候，課室在二樓。望出去，就是操場。更遠，就是一大片稻田了。翻土的季節，看見水牛在犁田，有一股臭臭的味道。插秧後，秧苗整齊的在阡陌之間排列著，努力地生根。再長一些，變成一片綠色的海。最美的時刻，卻還是熟成的時候。稻田變成金黃色，起風時，稻穗和稻穗婆娑，我們在課室聽見沙沙的聲音。我趴在桌子上，翻開空白的作文簿。楊老師走過來問，「還沒寫啊。」我眯著眼說，「老師，我在打腹稿呢。」這時，下午一點的太陽烘烤著水泥地面，金黃的熱浪滾滾，越來越大聲。

於是學校的華文學會出版了一本定期刊物，就叫《禾浪》。

我每天放學經過一家老麵包廠。偶爾，到麵包廠買新鮮出爐的麵包。老闆拿著長長的麵包刀，手腳俐落的切掉烤焦的麵包皮，隨手裝入塑料袋。拿在手中，尚有餘溫。星期五中午的祈禱聲從轉角的回教堂的擴音器傳出，和麵包酵母的味道一起瀰漫開來。

再遠一些，有家老電影院叫大觀戲院。上小學的時候，外婆帶我去大觀戲院看了好幾部電影。《劉三姐》、《瘋女十八年》、《一磅肉》、《汪洋中的一條船》，都是在大觀看的。但是吸引我們的，卻是在戲院前面的飲食攤位。我們約好到大觀去吃拉沙（Laksa）。大觀拉沙特別酸、特別辣，吃完往隔壁攤位叫一碗紅豆冰。就是這樣又辣又熱又冰的，卻也不會鬧肚子。各個攤位緊緊地挨在一起，大陽傘貼著大陽傘給食客遮蔭，老舊的桌子用鋅板鋪成桌面，已經被敲得坑坑窪窪，和地面的坑坑窪窪湊成一對。我們竟也不覺得髒，不覺得熱。

附近是一整排的木屋，向著大馬路的用作店面，後面的用作住家。這整排商店就叫做十間店。那時，乾媽在十間店賣雞蛋，飼料，有時還賣黃色的毛絨絨的小雞小鴨。店裡常年昏暗，空氣中漂浮著看不見的塵和雞飼料的腥味。偶爾曬進來一道陽光，才會看見塵在緩緩飄著。而住家的入口要往旁門進去，走一道黃泥路。門口上掛著一個《太原》的牌匾。乾媽家姓王。

離家多年以後，這些一點一點地消失。先是找不到麵包廠，十間店，然後找不到校門口。稻田都變成了住宅區，十間店變成四層樓高的商店樓區。有一次，以為可以直通鎮上地標的大噴水池交通圈，結果卻變成「此路不通」。噴水池不見了。一大座的噴水池居然就硬生生地被搬遷到別處去。

每次回鄉，都有一個儀式。總是要到幾個地方去兜一個圈。比如學校、大觀、外公的家、我們的老家等等。深怕如果不復習多一次，這種種的美好就會和那禾浪一樣，漸漸消失。

而以前覺得很長很遠的路，忽然就短了。好像記憶被截了一段，剩下的只有殘缺的懷念。

不經意打開窗
月亮蹦入懷裡
跌滿一地都是金黃的稻穗

莊嚴的禮堂，也讓時間給磨損了。

火焰

拿到摩托車執照後，我就常常在下午去補習和學鋼琴前後偷偷溜到美術館去。那時，美術館還是新館，坐落在市政區。左邊是堂皇的州回教堂，右邊是有三百年歷史的舊皇宮博物館，面對著一座大噴水池和同樣歷史悠久的皮鼓鐘樓，再過去是州法庭和州政府大樓。我常常背著書包，躡手躡腳地走在柚木地板上，悄悄經過打瞌睡的保安大叔，靜靜地看完一幅又一幅的畫。有時，展品是古樂器，有時是油畫，有時是峇迪（Batik）畫，偶爾會有水墨畫。

炎熱的下午，美術館裡總是陰涼的。不是因為冷氣的原因，而是那高聳的屋頂，傳統的馬來建築的設計和大量的柚木，讓人一走進館裡就靜下心來，涼快起來了。我對展出的作品沒有特別的印象。但是這樣一個環境，對我的影響是深遠的，尤其是在藝術方面。

在小鎮，我們對於藝術並沒有很高的鑒賞能力。但是，孩子們對於藝文活動卻很投入。那時，潮州會館開辦童聲合唱團。而這個童聲合唱團成為許多孩子在周末聚集的地方。或者是因為當年我們的生活相對樸實無華，所以周末或放學後我們的活動就只限於學琴，唱歌，學畫，舞蹈等等的活動。聽起來和現在的才藝班沒有區別，只不過我們的家長大抵覺得不知道該把我們怎麼辦才讓我們去上課，而不是因為要我們在這些領域有什麼成就。

後來我回想起來，更重要的是，普遍上受教育不高的家長心裡都有個想法，那就是要讓孩子接受藝術的熏陶。因為我們都認為受過藝術熏陶的孩子都有一定的品格和人文修養，不會壞到哪裡去。所以學習藝術是必要的。

我們就在這種氛圍下成長。

即使美術館總是沒有人煙，大門還是敞開。而小型美術展，書法展，書展總是沒少。繪畫，書法，寫作，表演等比賽更是常年進行。

我來到島國以後，才發現原來我們家鄉的藝術環境如此匱乏。對於可以觀賞大師級的藝術作品和表演，我是異常激動的。以前在鄉下的孩子，竟然可以親眼看見書本上的梵高，張大千，或現場觀賞馬友友，卡雷拉斯……這些，對於生活確實是不重要，但是卻觸動了我心裡最溫柔的地方。而這樣的觸動，並不是一組數字，或者一份報告可以解釋的。

在艱難的時刻，理智上藝術或者不能給我們帶來任何明顯的經濟效益，但是在情感上，正是因為藝術給予的養分，讓我們在艱難的時刻還能以純淨的心靈、平和的心態，寧靜致遠。這種感覺，需要長時間的滋潤，不自覺地浸濡，才能活到心底去。

中學時期，在家鄉參觀馬來西亞畫家鄭浩千的一個展覽。其中一幅潑墨畫，畫的是火山爆發。據畫家說，是他在某地目睹火山爆發的印象。三十多年以後，我對這幅畫仍然念念不忘。

似乎，那場爆發的藝術火焰，還在燃燒。

滿天凋落的塵囂中
我們跳著一曲圓舞
跳出一團烈火

建於 1912 年的這棟建築，曾經是多個政府機構的辦事廳。直到 1985 年成為美術館。

老師，斯卡也答

我上完最後一堂網課後，癱瘓在椅子上。這是第一次整個學期四個月的課，完整地在網上教學。一個學期下來，我對學生的認識少之又少。除了名字，他們長得什麼樣子我都不知道。就算是打開了攝像功能，我也記不住臉孔。學生對於網上學習的反應不一。有些學生喜歡，有些寧願早早擠公交去學校。在家網上上課自然十分自由，而且有科技的幫助，在處理信息方面更便捷。但是我開始思索著這個學期我到底教育了學生什麼。

我想起我自己的老師。我的年代，對於老師是非常敬重的。比如蔡媽被大家稱為梁先生。一直到現在，已經60幾歲的學生還是畢恭畢敬地「梁先生」那樣叫。我們的同學會邀請老師們參加，大家見到老師都十分感慨，十分歡喜。老師在我們成長的過程中占據了很重要的位子，因為他們是那個影響我們至深的人。

小學的時候，梅老師常常在周末把我和幾個同學叫回去練習書法寫作備賽。梅老師的聲音洪亮，對學生嚴厲。但是，對於備賽的幾個學生卻很寬容，讓我們在一個有紀律的環境裡自由發揮。

上了高中，我的高級數學常常不及格。題目總是做到一半就接不下去。上課因為聽不懂，所以常常偷偷的在筆記本寫詩，或者瞪著黑板在心裡打腹稿。教數學的陳老師是個奇葩，喜歡把黑板寫滿了公式，就無聲無息地走掉，讓我們自己找答案。有時，老師走過我的座位，瞄了一眼我的筆記，說，又沒有做功課啦，又寫詩啦，卻沒有處罰我。後來高數居然也及格了，興奮地跟老師報告。老師老神在在地說，當然可以及格的啦。我一直很敬重陳老師，是因為他的包容和對學生的信任，讓學生在沒有包袱的情況下茁壯成長。

我常常思考，教育的意義是什麼，老師的責任始於哪裡，到哪裡結束。我的年代的老師，把樹人這份使命放在心裡，以他們各自的方式傳道授業解惑，更重要的是，引領學生的成長。我想，這是一種熱忱，一種從心出發，回到初心的熱忱。

小時候看過一部電影，叫《老師，斯卡也答》。說一個去山區教書的年輕老師，從一開始的無所適從到最後和山區的孩子建立了深厚的感情，孩子對她的離開萬般不舍，達到了以教育為本來解決山區問題的目的。而老師最終也領悟到教育的意義。教學相長，教育的同時其實老師也學習了許多。最重要的課，卻不是教學大綱裡的內容，也不是以科技就能傳授的。有時，我們會忘了除了教，老師還有一個「育」的工作要做。

我們之所以在畢業30年後還記得老師，對老師心存感激，並不是因為他們所教的內容，而是他們所給予我們的溫度。而這種溫度，不是人工智慧能夠給予的。

我剛剛開始教書的時候，蔡媽告誡我說，教育是一份良心的工作。因為這個良心，讓我們在很多年以後，仍然懷念在我們生命中點亮無數盞燈的人。因為這個良心，讓我在對這條道路有所懷疑的時候，還能看見一點亮光。

左二是縱容我寫作的陳信富老師，在畢業多年後仍然記得那個寫詩的學生。

我們蹲著等待漁船的回航
月光在海面行走
而遠方，燈光蘇醒著

英姨

英姨搬來我們隔壁的時候，我們已經在美美園住了好幾年。我一直沒有去追究為什麼一個住宅區會叫美美園。我們鎮裡的住宅區都叫什麼什麼園：成功園、平安園、南山園、安滿園……很有村落的味道。

我們兩家隔著一道籬笆，進進出出都看見彼此。我們在後院洗衣曬衣，煮飯洗碗。不久，就在這日常活動中和英姨熟絡起來。那時，外婆在我們家長住，照顧我們。她常常和英姨一邊做家務，一邊聊天。英姨有三個兒子，都已經長大成人。據大人們說，小兒子長得最英俊。但是，搬過來以前就已經精神失常了——聽說是因為一場車禍。小兒子常常三更半夜在後院唱歌，翻來覆去就是一首左三年，右三年，這一生見面有幾天。隔壁家時不時吵吵鬧鬧的，通過天窗，聽得一清二楚。英姨心煩，常常和外婆訴苦。外婆也有自己的煩心事，也和英姨一起長吁短嘆。

平日，英姨煮了一些好吃的，都會喊一聲，然後遞過來。過年，我們家在後院做雞蛋捲，分一大盒給隔壁；英姨蒸了六個小時的年糕，分一些給我們。家裡人出門，誰回來沒有鑰匙，喊一聲，英姨總會帶著後備鑰匙出來。我要出國念書的時候，英姨縫了一個大書包給我。這個書包就一直陪著我讀完大學。我離家那天，她起早摸黑，隔著一道籬笆送我出門。

後來，我們的房子賣掉了。英姨也搬了家。我們也因此失去了聯繫。但是，我一直記得英姨對我們的照顧和情誼。

我在島國生活的時間遠遠長過我在故鄉的時間。這些年，也搬了幾次家。雖然和鄰居的關係向來都很融洽，但是卻再也找不到如英姨般的友誼。

或者因為我們的住屋都是獨門獨戶，以致少了見面交流，沒有了共同的活動；或者我們每天都長時間在外工作，以致少了閒情社交；又或者我們在城市中對於別人有一定的戒備心。無論是什麼原因，我們都習慣了幾乎見不著鄰居的生活。吊詭的是，在這個所謂「環球村」的時代，我們的「村莊情懷」卻已經逐漸式微。當我們和世界各地的人似乎更靠近時，我們和近鄰卻似乎更疏遠了。

在我們奮力向前進步的時候，某些事情的犧牲是必然。遺憾的是，我們對於一些取捨，卻也無能為力。誰又能夠和大時代抗衡呢？但是，有些事情是不能放棄的。畢竟，如果沒有了人和心，就算社會多完善，終究不會讓人動容。

不知道我們還能不能把這種村莊情懷找回來。不知道我們願不願意放棄一些經濟上的發展。不知道我們會不會敞開大門讓別人進來。

不知道英姨現在在哪裡了。

我們並肩而行
直到遠方，才驚覺你原來
沒有面孔

隔著一道籬笆，我們傳遞了無限的情誼。

小團圓

中秋節晚，我們家三口人，三菜一湯，柚子，月餅，菱角，燈籠不缺，小小過了一個節。對於過節，我是很在意的。

我上的幼稚園在外公家路口，中午放學由外公接我回家。外公住在一間浮腳樓式的亞答屋，屋身很長，分成四節，每節有一間房間和一個偏廳，住一家人。房間和偏廳都是木製的窗口，常年打開，異常通風。外公外婆住在最前一間房間，偏廳架起一張木床，一張布簾，算是舅舅的房間。房間旁的樓梯通往飯廳，再往前走就是廚房。外公外婆每天以柴生火做飯。

那時沒有冰箱，外公把飯菜收在有網紗門的菜櫥櫃裡。我放學回去，到屋外鉼板搭成的沖涼房沖涼。大水缸裡儲存了一天的水特別冷，冷得我打哆嗦。午餐吃了什麼其實我都不記得。外公雖然家境貧寒，對吃倒是不含糊。平常日子也就罷了，逢年過節，他都會做幾道傳統粵菜。不能缺的，就是白斬雞和芋頭扣肉。

我當時是外公唯一的孫女，而且最年幼。過節煮上白斬雞，外公會把雞腿藏在菜櫥櫃裡，我沖完涼，他才拿出來給我當午餐，然後陪著我吃。後來，我上學以後，外婆到我們家住以便照顧我們。放學回家，總是有熱飯菜擺在餐桌上，外婆一樣會陪著我吃午餐。

對我們家來說，吃飯是大事。外公外婆常常掛在嘴邊的一句話，就是「吃飯大過皇帝」。家人一起吃飯的習慣，一直到現在都還保持著。

老吳家過去也在節日的時候吃團圓飯。一家三十多口人，聚在一起吃飯打哈哈。直到人口越來越多，掌廚的年紀越來越大，才把團圓飯的次數減少到除夕夜才吃一次。

我們工作以後，每天等人齊了才開飯。誰不回家吃飯，要提前通知。過年過節就吃豐盛一些，更不可以不回家吃晚飯。我們在飯桌上聊天，吵架，被教訓……我們常年都在團圓。

但是，在生活節奏快，工作時間長壓力大的城市生活裡，要常常和家人吃飯很不容易。似乎我們都有比回家吃飯更重要的事情要做。而且，吃飯時因為被逼著面對面，一不小心，會變成一種壓力。久而久之，我們會想要逃離。

有一段時間，我想盡辦法躲過每天回家吃飯的慣例。或者因為離家的那幾年習慣了自己的生活，回來重新做回「孩子」，確實很難調適。也或者有時，我很想任性一次，叛逆一陣。

後來我發現，吃飯只是一個借口。因為我們不會把愛說出口，所以我們藉由吃飯來多看彼此一眼，陪伴彼此多一點。廣東人所謂的「鑊氣」，不僅僅是菜肴的熱度，更是下廚的人想要傳遞的熱度。而因為我們不習慣把愛說出口，所以爸媽藉由吃飯把孩子餵飽——以示他們的關懷。

外公外婆和蔡媽煮的每一道菜肴的每一個步驟，不只包含了智慧和科學的理由，更包含了他們那一代對生活的一種嚴謹的態度和尊重。而在飯桌上所傳承的，除了餐桌禮儀，還有人生的價值觀和文化的傳統。

成家以後，我把這個小團圓的習慣延續下去。我希望以後小吳會記得我們家吃飯的溫度，一如我記得在外公的長屋裡陪伴著我的，一屋子的人煙和飯菜香，和外公滿滿的關愛。

一碗血，一勺水
一盤肉，一片心肝
擱在餐桌上

這條路，右邊草叢曾經
是我阿公的亞答屋。

我們吃早茶去

後來，我偶爾會突然想起外公彌留的時候。晚上，外公從醫院被送回家，已經說不出話來了。我們讓他躺在木床上，輪流守在他的身邊。我看著他瘦削的臉孔，緊閉的雙眼，忽然有幾只螞蟻在他深邃的眼窩爬過，緩緩的，沿著他的皺紋，爬完他的一生。

那個晚上，外公就離世了。

小時候，我有一段時間天天跟著外公上茶樓吃早茶。外公家在熱鬧的太子路後面，岔路口有家咖啡店，種著一棵大榕樹。在榕樹那裡右轉，進入俗稱四條路的巷子，往裡面走，就是外公的亞答屋。外公雖然已經沒有工作，但是依然每天早上穿著熨得筆直的白色襯衫，西褲皮帶，黑色皮鞋，稀疏的頭髮梳得油亮，然後騎著腳踏車，載著我到太子路一家茶樓吃早茶。茶樓並不高檔，我們吃早茶也就是那幾籠點心。幾個瓷杯裝在一個小塑料盆裡，滾燙的茶泡在白色的瓷茶壺，壺身印有兩朵紅花，幾片葉子。第一泡澆在瓷杯上，連帶印有萬壽無疆字眼的筷子湯匙一起放入塑料盆裡燙過才用。外公以一種近似虔誠的姿態去進行這一道儀式，不曾馬虎。

假如外公身在大富人家，他一定是那個二世祖。即便是家中貧困，外公始終保持著他那風流倜儻的模樣。除了注重衣著，對於吃他也十分在行。過年過節，他下廚煮一桌拿手好菜。外公的芋頭扣肉，直到今天，蔡媽還是沒有煮出那種味道。舅舅結婚的時候，婚禮前夕照習俗款待近親，在老家外架起了帳篷，外公掌勺，辦起了酒席宴請客人。

我常常會想像，假如小吳有個外公陪著她成長，會是怎樣一個情況。也許外公會每天早上帶著她去散步晨運，向其他爺爺奶奶炫耀孫女乖巧。也許他也會帶著她去茶樓吃茶，榴槤季節買貓山王給她吃。又或者，會帶著她去植物園，在草地上翻滾放風箏，吃雪糕。然後教她明白什麼叫義氣。

有時我們會忘記有爺爺奶奶外公外婆陪著我們成長是很溫暖的。因為他們只是一味地寵著我們。他們會把最好的留給我們，即便父母親覺得這不是教育孩子最好的方式。

老一輩的人對於生活的態度有一種單純的執著。比如對於街坊朋友的熱絡，教育的尊重，品格的要求，甚至是基本日常外表和飲食的重視。雖然外公外婆的教育程度不高，言語作風或許粗俗，但是他們對於生活態度的要求，卻無比高尚。這些，都是他們寵著孫兒的時候教會我們的事。我常說我是老派人，或許正是因為我在無形之中延續了外公外婆這種情感。

這麼多年過去，我對外公的模樣、聲音，其實都有點模糊。但是，他對於孫兒們的寵愛，卻是雋永的。就好像泡茶的儀式，當下覺得煩，但是因為這樣地重復著，才會印刻在我的記憶深處，歷久彌新。

你張開手掌，一片土
裡頭長著生了根的一棵
我

外婆的遺產

我上大學的第一個夏天，住在山坡上的單位，屋後是片空地，長滿野草。沒有冷氣，四十攝氏度的夏夜，我打開沒有窗花的大窗對著野草睡覺。

半夜，被夢魘驚醒，胸口被壓著，動彈不得。我緊閉著眼睛，聽見窗外沙沙的聲音，似乎感覺到背後有呼吸聲。我心跳加速，仔細辨認，竟然有點熟悉，似乎是多年跟我同房的外婆那均勻而沉重的呼吸聲。然後我的眼淚就不停地流了下來。

我離家的時候，外婆已經病得不輕了。她拄著張椅子當拐杖，送我到門口，流著淚只是不斷以廣東話叮嚀，「照顧自己啊，萬事小心啊……」我在國外不久，有天接到家裡的長途電話，追問著要外婆聽電話，才知道外婆已經過世。我手還拿著聽筒，卻已經失聲痛哭。

父親去世以後，外婆就負起在家照顧我們的責任。我放學回家，總有簡單但熱騰騰的午餐，一邊吃飯，一邊和外婆一起收聽廣播劇。有時因課外活動遲回家，還會問外婆今天故事講到哪裡。我留長髮，手巧的外婆耐心地給我編辮子。常常，我坐在她身邊幫她用報紙糊紙袋，用尼龍繩編手袋，用碎布織地毯，縫百納被。

有一次，外婆坐在她慣常的角落，忽然提起當年18歲的她和幾個女朋友乘船南來半島，手中拿著一張外公的照片，就這樣嫁了過來。她抽著煙，下午的太陽從天窗照下來，在她面前切割成一片片的光影，聲音裡有罕見的溫柔。她有一個小小的衣櫃，放幾件簡單的衣服。衣服下面藏著幾封家書。外婆常常把家書拿出來，看了又看，雖然她並不識字。直到有天她淚流滿面，說，阿婆的媽媽死了。

外婆一直沒有回鄉。18歲的離家，就是一生的死別。

不識字的外婆坐在表弟身邊督促他寫字的時候是很嚴格的，一筆一划都不能馬虎。她教我用廣東話背千字文，卻從來沒有給我講大道理，只提醒我要努力讀書，孝順媽媽。

這也是她留給我最珍貴的遺產：一種嚴謹的生活態度，認真、堅毅、刻苦、勤儉，為家庭全心的付出。

我們常常會把遺產看成是物質性的，可看見的，比如小販文化、端午節、一道菜餚、一座龍窯……然後我們傾全力地去爭取，去保護。這當然是重要的。沒有了實體的文化，我們的精神要依附在哪裡？但是，我們要留給後代的遺產，除了實體以外，還要有精髓。畢竟，沒有了精神的實物，只是一個軀殼。我們又該如何去傳承必得老去的軀殼呢？

我並不完美。所以我每天都思索著並提醒著自己，我要給我的下一代留下什麼，以便她在時代的洪流中可以如磐石般屹立。

一如不完美的外婆，除了一件以她全副的期許手縫的百納被，還有她以一生的實踐遺留給我的，完美的風範。

外婆手縫的百納被，40年來一直陪在我身邊。

遠方，祖先的墓冢在召喚
你知道，一跨步就是永恆了
於是你手握著那封家書，說
歸去來兮　歸去來兮

島嶼之歌

我們耐心地在車龍裡等著渡輪靠岸。旁邊通道的摩托車也漸漸排起長龍。小吳在車裡雀躍萬分，喋喋不休。渡輪靠岸後，從對岸過來的車子和摩托車上岸。然後輪到我們緩緩把車開上渡輪。

我們在車子幾乎貼著車子之間的縫隙下車。鹹鹹的海的味道，粘粘的海風，汽油味、臊味，引擎震耳欲聾的聲響，還有海浪拍打船身的聲音。我閉上眼睛，深深吸了一口氣，聆聽著我童年的旅途。

小時候，蔡媽會在學校假期帶我們開車到檳城去度假。那就是我們能夠負擔的旅行了。那時，南北大道還沒建好，檳威大橋也還沒動工，去檳城是我們唯一的假期，總是很期待。從家鄉到檳城約兩個小時的車程，我們在車後座看書、唱歌、吵架、玩剪刀石頭布、把經過的車子的車牌號碼加起來……

乘搭渡輪過海到檳島是興奮的。我們之所以期待搭渡輪，是因為喜歡到渡輪的上層吹海風。有些渡輪的上層是行人的座位，下層載車；有些上下層都載車。不巧搭到下層，我們會跑到上層去吹風看海景。上下的樓梯又窄又陡，走得戰戰兢兢。但是那海風啊！那海風義無反顧地往臉上吹過，不停留，不留戀，不回首。一如人生。

那時，度假是一大開銷，尤其是住宿。蔡媽認識的一個朋友是檳城龍岩會館的負責人，讓我們到喬治市時去龍岩會館留宿。會館是一棟老舊的別墅式的建築。偌大的房間，柚木的地板已經被磨得油亮油亮。走路時「吱吱」作響。會館坐落在日落洞，州回教堂附近。我們以回教堂做指標，總不會迷路。

我們的節目很簡單。由于家鄉沒有游泳池（雖然我們都是旱鴨子），蔡媽卻總會帶我們到中華游泳公會游泳。然後順路到峇都丁宜海邊去撿貝殼。那時，關子角還分新舊。蔡媽說，舊關子角的小販檔口東西比較好吃廉宜，所以我們常常都往舊關子角去。關子角沿岸都是椰樹和木麻黃，海風都是暖的，吹得人累。蔡媽帶著三個小孩，在黃昏的海邊大排檔，吃印度羅惹和沙爹。

我們也會順道去探訪住在檳島的大姨和姨丈。姨丈一家住在打槍埔的組屋，一個十分髒亂，龍蛇混雜的地方。一房一廳的單位住了三代幾口人。雖然住處局促，和藹的姨丈還是很熱情地招待我們。有時，我們會去酒樓吃點心。酒樓的裝潢很清幽，有一個小池塘，養著錦鯉，潺潺的水聲十分宜人。

常常在不經意中就會想起這些無關緊要的平常事。也許，在我們的生活中，有太多複雜的事物，擾亂了我們的思緒。或者，我們試著在很短的時間裡完成許多。比如旅行的時候要參觀的地方太多，要打卡的餐館太精致。而其實最讓我們懷念的，卻是那最簡單單純的平常。

每次回鄉，我們都特意在檳島逗留幾天。然後特意去乘搭渡輪。或許，我其實只是找一個去懷念的借口，和那不顧一切的風。

只是，時間無垠，歲月有終結。總有一天我們會來到世界的盡頭。一如渡輪，終將退役。

假如我回去
讓渡輪承載我稚幼的旅途
我在這頭，願望在那頭

花季

20個小時的航行，我不敢把鞋子脫下來。我也不知道，半夜要什麼其實可以按鈴叫機艙人員。我打盹了很多次，次次都驚醒。隔壁的旅客已經熟睡，輕輕地打著鼾。我心裡很慶幸他並沒有跟我聊天。機艙已經熄燈，昏暗中，我看著外面漆黑的天空，一如我的未來。

那年我18歲，第一次乘飛機，第一次離家——一個人。

大學坐落在檀香山市中心的中央，分散在不同的商業大樓。去上課要走過一道步行街，會經過好幾個露宿街頭的流浪者，推著超市的手推車，裡頭就是他們的全副身家。我第一次遇見他們，非常震驚。我不敢直視，快步走過，許久，還似乎聞到他們久未清洗難聞的味道。

校園附近是州立圖書館，後來變成我消磨最多時間的地方。圖書館沒有冷氣，但是開敞的設計，綠樹蔭翳，再加上檀島怡人的氣候，讓我在上課之間總會躲到圖書館去。

那時哥哥已經在檀島上學上班。我們住在離威基基海灘不遠處一個小小的單位，每天搭2號巴士去上學。我的英語說得結結巴巴，於是常常在2號巴士裡翻閱字典，在圖書館前下車去看書。

我在檀島只呆了半年，便轉校到華盛頓州去了。直到離開20多年以後，我才重游夏威夷。

這個地方沒有太大的改變。20多年前居住的公寓還在，轉角那家著名的牛排館仍然排著長龍。威基基海灘依然歌舞昇平，圖書館仍舊沉穩的給予我們一片寧靜。我們搭上2號巴士，走著20多年前的路線。在搖搖晃晃的車程中，我恍然發現，雖然我在這裡的時間不長，但是心裡卻一直惦記著這個地方，原來是因為我的花季在這裡盛開。

我在這裡第一次和男生約會，和一個名叫真人的日本男生去看一場已經看過的電影。那年五月，同學叫我到學校門口的步行街示威，我開始看見什麼是熱血奔騰。我看見什麼是西裝革履、什麼是無家可歸、什麼是夜夜笙歌、什麼是所謂的自由……

我一直記得有一個午飯時間我走到一家超級市場，在擺滿化妝品的櫃台前流連。18歲的我拿起一管唇膏，看了看價錢，然後放下。在櫃台工作的奶奶看我踱步半天，輕聲地說，喜歡就買下吧。我記得我漲紅了臉，牽了牽嘴角，最終還是沒有買下生平第一管唇膏。

我記得當年那個18歲女生的渴望和膽怯。記得那個小鎮的女生，和小組同學們去一個男同學家討論功課時忽然發現原來身處豪宅，而男同學居然是校長的兒子時的不知所措。記得那個內向的女生如何每一次都要鼓起勇氣去跨越一道又一道陌生的障礙。

要到很多年後，我才恍然大悟，我記得的，不是這個地方，而是18歲的自己。我們從來不知道，成長需要多大的力量和勇氣。我們常常很輕率地說凡事總會過去，卻不願承認成長是痛楚的。尤其是在成長的過程中，還要經過多重的衝擊。但是，成長是一個九重葛的花季，必得經過日曬，刮風，乾旱，貧瘠的土壤，才會盛開。

只是我的花季沒有很燦爛，就已經開到荼靡。

你在嘆息嗎？你在悲傷嗎？
你在尋找著盛夏嗎？
喏，在牆角陰暗處有一顆年少
在顫抖

2號巴士依舊川行。

越夜越美麗

我第一次到鎮上的時候，從西雅圖轉機，乘搭一架21人座位的螺旋槳飛機到目的地。飛機上包括我和陪我去註冊的蔡媽，只有七個搭客。女機長上來，調動了幾個搭客的位子，說要平衡機身，然後拉上門簾，把機艙隔開。

小鎮離西雅圖約四百公里。快降落的時候，從飛機上只看見一大片已經收割的荒蕪麥田，麥田的中央有座小平房，就是機場了。蔡媽快哭了出來，不知道怎樣把一個18歲的女孩丟在這個荒涼的地方三年。

後來當然也就過去了。

剛到的時候是冬天。小鎮的冬天異常寒冷。因為海拔兩千英尺的高度，而且在內陸地區，零下十攝氏度是常有的現象。搭同學的順風車時要幫忙刮掉擋風玻璃上的一層冰。那是我第一次離家，第一次出國，第一次過冬天。衣服不夠禦寒，穿著一雙普通球鞋就過了冬季。要到第二年，好心的同學才帶我去買了一雙靴子。

有時，遇到沙塵暴，剛好要趕去打工，瞇著眼睛捂住臉，卻也奮勇前進。有時，下起冰雹，刮起大風，或熱至四十攝氏度。無論晴雨，我都在上課之間躲到圖書館，用電腦室裡丟棄的打印紙，翻面過來寫信。

在學校的圖書館打工，上司派我到收藏著百年舊書的地下室去給藏書貼條形碼。昏暗的地下室，頭頂上幾盞黃色燈泡，我安靜地、輕輕地翻著老書，深怕打擾了什麼精靈。冬天，我在地下室找到一點溫暖；夏天，我找到一絲沁涼。

我的求學生活很普通。我拼學分以便能早些畢業，而工讀的學生並沒有太多的時間和經費去玩或旅行。暑假寒假，同學放假去玩，我留在冷清的校園繼續上課工作。很多次，考試前夕，我通宵溫習，忽然抬頭看見窗外天漸漸亮起來，心想，終於又過了一天。

偶爾，也有美好的時刻。剛好遇上流星雨的那年，我和幾個同學巴巴地開車到山上去看。小鎮沒有光汙染，萬里晴空，觀星最是恰當。去遠一些，會看到銀河。我對於星座的認識，都是源起於小鎮。

後來我回想起這段日子時，流星雨這幕特別清晰。年輕的時候，總覺得特別遺憾：我的留學生活沒有太精彩，戀愛也沒有太轟轟烈烈。許多朋友們聊起來興致勃勃的經歷我都沒有。年紀漸長以後，卻懷念起來。那種單純的專注於達成一個目標的堅持，在進入職場以後就再也找不到了。或者，我們都要等歲月來給我們闡釋每一段旅程的意義罷。

就像那夜的流星雨，越夜越美麗。

你躲在哪顆星子的背後啊
偷窺我在田裡赤腳跳舞
我藏在哪根麥穗之間吶
仰望你在星空中呼吸

邊緣

後來的30年，我偶爾會想起當年費教授帶我們走過的那條路。

那是一個黑灰濛濛的冬天。無論人，天氣，還是路，都異常的鬱悶。我和紅頭髮的女同學坐在費教授老舊的車裡，顛顛簸簸地經過大片大片乾枯的麥田，然後來到一座小鎮的邊緣。確切的地點我說不上來。只記得費教授拐了一個彎，往小路走去。不久，我才發現原來我們進入了一座墓園。寂靜的、冷清的、似被遺忘的許多墓碑就在兩旁快速倒退。而路的盡頭就是我們的目的地。

那天，我和紅頭髮跟著費教授到縣城的監獄去進行心理治療。費教授的治療對象，是一群強姦犯。

我們到達監獄時已經快到午餐時間。監獄官讓我們到食堂去吃飯。負責煮食和盛飯的都是穿著橙色囚衣的服刑人。我們三個女生被聚焦，在偌大的食堂裡顯得特別突兀。

我記得當時20歲的我十分震撼。

我報名當費教授的研究助理其實只是為了修學分，而那時只有費教授有空缺。我並沒有想到會要和她去輔導強姦犯。當初選擇主修心理學，也並沒有想太多關於前途的問題。最主要的只是因為對於心理學的理論和研究特別心醉而已。後來開始往生理心理學和心理治療方面走去，卻也並沒有準備會面對怎樣的個案和問題。

和費教授到監獄去，讓我終於赤裸裸地看見另一個國度，另一個階層的邊緣——一個搖搖欲墜，一不小心便跌落深淵的邊緣。

心理治療的過程，要治療對象把過去的包袱一個一個解開，然後一個一個地放下。有時，我們誤以為我們背著的不是自己的包袱；有時，我們背錯了過去。有時，我們欺騙自己，說這個世界辜負了我們。不管怎樣，那天被丟在治療圈裡的八個包袱，都千瘡百孔，在黑暗的海洋中浮沉漂流。同時被丟下的，還有許多的憤憤不平，許多的無奈。

我成長在一個較為複雜的環境。幸運的是，我被周圍的人細心地守護著，不讓我稍稍踏入另一邊去。有關於誰誰誰鬧事、打架、吸毒、入獄等等，都是聽來的，當作是借鑒。雖然環境複雜，但是心態上還是單純的。我曾經很天真地以為，不管我們的歷史如何，我們都是有選擇的。我們選擇往左轉還是往右轉，走這條路那條路。所以對於走在軌外的人，我總覺得那是個錯誤的抉擇。

直到我經過那座寂靜的墓園，通往生命終結的邊緣。

畢業後，我開始在島國輔導迷失的青少年。然後才發現原來，在人生中迷失自己，和階層無關，和歲月無關。原來，我們都是在生命邊緣的人。我們都在邊緣，掙扎著要觸摸我們心中渴望的中心點；不管是理想，是親情，還是愛。有多少次，我站在邊界，遙望心中的夢想，有多少的失望，憤憤不平，和無力感。

要到很久的後來，我才想起，也許當年的震撼，是因為我恍然發現，我，和在墓園盡頭的人一樣，都是生命的邊緣人。

你在黑暗中醒來
發現，只剩下半個你
沒有血肉的你
躺在地平線的極左邊

起風了

「起風了」，他說。他想起家鄉海島的風。咸咸的、粘粘的。我們在歲末潮濕的天氣中擁抱，道別。他在我耳邊輕聲說了句我聽不懂的法語。過了很久，我都在恍惚中似乎聞到他散發的淡淡的海鹽的味道。

後來搬了幾次家，都靠海。歲末的海風竟讓熱帶感覺一絲寒意。舊家在15樓，起風的時候，呼嘯聲特別大。後來搬到4樓，由於面向外海，而且外面就是公園聯道，風竟更大，更冷。有時，半夜下起滂沱大雨，醒來聽著打在窗口、樹葉的風雨咆哮，心裡偶爾會想起那個說法語的人。

小時候，我們家處於低窪地區。一到年底，東北季候風自南中國海吹向半島，帶來傾盆大雨，然後很快，門口的馬路便開始淹水。我總會把一張小桌子搬到門口寫作業，背景是狂風驟雨。我看著水位慢慢上升，直到漲到門口。有時，漲水漲進家裡來。少年的我在風雨中會走神，想著假如我走入風雨裡，假如我閉著眼抬起頭，我的臉會有多痛。

有一次，跟著蔡媽到她學生的家去作客。學生家位於田間的一座大木屋，雖然是木屋，卻決不寒酸。高聳的屋頂，自然通風涼快。木屋外竟然是一大片的綠竹林。聊天聊到半途，屋外起風了，竹子和竹子間隨著風發出清脆的篤篤聲，伴隨著竹葉的沙沙聲。如一片綠海，掀起一陣的竹浪聲。這樣的聲音，讓我思念到現在。

夏威夷也是多風的。我在夏威夷短暫的生活裡，常常迷失在多風的州立圖書館中。有時不經意地舔一舔唇，竟有一絲的咸苦，像離家在外的不確定。許多次，我站在風口，閉著眼，讓海鹽隨著大風刮進我的肌膚，烙印著。

現在回想起來，我總是在海島與海島之間徘徊。

我們去沖繩島的那次，剛好遇到颱風季節。一登島，便不斷地看見警訊。颱風離島越來越近，風越來越大。我們逆風而行，呼嘯著的風越來越急，睥睨著渺小的我們。然後暴雨隨之而來。我們困在酒店裡。我看著天空暗下來，風雨飄搖，空無一人的街，接著風眼逼近，四周有一段時間異常平靜。而後風眼慢慢離開，帶著它的風雨。我心裡十分感動。

我常常思考為什麼我會在風雨中特別澄明。這個原因一直到我經歷了颱風天以後才清晰。我們都是有回憶的人。在積累回憶的過程中，有許多不經意的瞬間，比如無所謂的路人甲乙丙，或聲音，或味道，會偷偷地投影，然後就永恆停留。我的回憶當中，所經過的路途，竟然都有風雨護航。起風的時候，我回到當初一個又一個的人生驛站，告訴自己無論風雨，都會痛，會無處可逃。但是，無論風雨，我們總要抬頭，擁抱，然後道別。

很多年以後，我終於踏上他的海島，擁抱他的海風，感覺他的思念——那種咸咸的、粘粘的思念。海風吹過我的耳際，一如當年他的耳語。

只是我們已不再是我們。

我要去你來的地方
呼吸你的海洋的氣息
好讓你再給我耳語

島與半島之間

我搭 170 號巴士，在兀蘭關卡下車，然後和大隊人馬一起排著長龍。移民廳裡擠滿了人。吵雜的人聲、車聲，還有汗酸味。出了境之後，要趕到移民廳外在等候乘客的 170。擠上巴士，過了長堤，入境、出境、再等 170、回到兀蘭、入境。有時擠不上 170，就和許多人一樣，走過一公里的長堤。那時，我剛畢業來到島國找工作，拿著兩個星期的社交簽證。兩個星期找不到工作，便得回去半島再回來，再拿兩個星期的簽證。這樣出境入境直到幾個月後，我找到工作才結束。

邊界，原來可以這樣過。

非公民在島國找工作，很大程度上都像在依靠僱主的憐憫。要申請工作准證等等的程序並不是每個僱主都願意做的。我的第一份工作在商業區珊頓道上班。第一個星期便慌了。對於一個習慣穿牛仔褲白襯衫的女生來說，珊頓道太過張牙舞爪，招搖過市。公司位於丹戎巴葛地鐵站，一走入大門，各個辦公室會議室分左右兩邊，中間望下去就是地鐵站。我的辦公室在後邊，習慣低頭往右走去。有一次，去辦公室途中忽然抬頭望向左側，透過玻璃，隔著中間的距離，看見精心打扮的女同事正和男生聊天，笑得花枝亂顫。我停下來，望著玻璃裡的自己，胃裡忽然一陣翻滾。那天晚上，下班回家，吐得七葷八素。

對於半島來的人，島國是傲慢的。很多次，聽到有人帶著一絲睥睨地問，「你聯邦來的呀？」。甚至在很多年後，我去參加一場婚禮，喜宴上有個長輩知道我從馬來西亞來，很率直地問，「你做工廠的啊？」

或者因為這樣，我離家很多年後都不曾回鄉，也漸漸地和同學失去聯絡。後來我發現，不肯回去是因為沒有「衣錦還鄉」的感覺，對於家鄉始終有點虧欠。我想像自己和老師的對話，告訴老師我拿著工作准證，開會的時候還來不及講話，會議就過去了，然後廉價高跟鞋的鞋跟磨掉了半公分。又或者告訴同學我會常常搭174號巴士，從武吉巴督經過荷蘭路，經過烏節路，一個燈紅酒綠的城市；我一個自然卷長髮女子，帶一口鄉音。

移民是個很務實的決定。這和夢想、政治、自由等等理想主義無關。不管是我，還是許多半島的移民，其實我們所在意的，也只是溫飽而已。其它的，比如成家、或者幸運達到自己夢想、完成心願等都是額外的。就好像習慣了溫吞溫吞的陰天，忽然看見了艷陽，而天空特別澄藍那樣，心裡特別高興。

很多年過去。再回去半島的時候，竟是以旅客的身份。住酒店、租車、找人要靠全球定位系統。老吳曾經抱怨，說怎麼回到家鄉認不得路來。事實上，我在島國的日子已經近 30 年，看過政府從第二代過度到第三代，曾經在舊國家圖書館約會，然後看著它消失成一條公路。而老家，是我最初的 18 年，最眷戀的年少。

偶爾，我會想念那家鄉的味道。看見哪裡端出一碗熟悉的咖喱面，總是非常期待。巴巴地趕著去吃一盤酸酸的拉沙（Laksa），即便那味道總是差了一點。同學黃姐很老套地說，「你是解鄉愁吧。」然後又解嘲說，「也不知道你是不是有鄉愁。」

我們都是在島與半島之間游走的人。回去半島，是回家。回來島國，更是回家。我們在兩個地方都付出了歲月，交出了青春。

而邊界，一跨，就過去了。

往歲月裡撒網
撈回一海的鄉愁，和
鄉愁的倒影

旅行的意義

酒店房間的露台面向新加坡河。河拐了一個彎，躲在建築的後面。我們和許多人一樣，很媚俗地在學校假期期間在地旅行。接連兩天都間歇性地下著大雨。小吳像只清晨鳴叫的噪鶥，喋喋不休。商業區似乎特別安靜，和以前我在這裡上班時候的熙來攘往有著天淵之別。入暮時分，雨停了。河面映著初上的華燈。這樣的景色確實會讓新加坡引以為傲。

這些年來，去了不少長長短短的旅行。但是對於旅行，我其實是很懶散的。我甚至懶散得參加旅行團去東歐——雖然大家都說，東歐是個要慢慢自游的地方。我不是那種特別愛在旅行前做功課的人。所謂開拓視野，了解當地文化融入當地生活等等，對我來說是太大的課題。我只是很懶散的，想到一個冷冷的地方去懶懶地過幾天的生活而已。

而正是因為沒有事先做足功課，反而讓我處處有所感動。

我一直都記得波蘭的那個當地導遊。灰白的頭髮，臉上帶著疲累。她穿一件陳舊的皮大衣，黑色的低跟鞋已經褪色，手上一個大皮包在角邊已經磨損。導遊帶著我們走過什麼地方我倒已經忘記。不過，我卻仍然記得我們經過一座教堂，她說話聲調忽然提高一些，帶一絲驕傲的說，教宗若望保祿二世，曾經在這座教堂做彌撒，總是坐在後排角落的位子。後來，她把我們留在波蘭最古老的大學，　所哥白尼曾經上過的大學，然後就走了。我踏在古老的青石板地面，想像著五百年前哥白尼在同一塊青石板上孜孜地窺探人體和天文的奧秘，而五百年後一個渺小的人，腳步重疊著他的腳步，思考著活著的意義。

我也記得我們在布拉格廣場看完天文鐘之後，漫無目的地溜達。逛完廣場的聖誕市集，拐個彎走進小路，忽然就日常起來了。和我們一樣，他們勤勤懇懇地工作，滿臉都是為生活付出的汗水。我於是發現，常常我們把這些城市浪漫化，其實是對認真生活於此的人的嘲諷，也踐踏了歷史賦予這些城市的沉重和使命。

事實是，人生原本就是一次旅行。只是我們不能按圖索驥。在人生的旅途中，不管我們如何計劃，到最終剩下的或許只有記憶的片斷。而就是在旅途中讓我發覺了自己的不足，遇見了自己的惆悵。

我住宿舍的時候，每天總要經過一道斜坡。學校在山上，不管去哪裡都要爬斜坡，卻只有這道，種了幾棵棉花樹。初來乍到時，正值冬天。枯枝上掛著白雪皚皚，風吹過，雪花輕輕地飄落到我的肩上，頭髮上。春天，竟開滿了棉花。風吹過，雪白毛絨絨的棉花輕輕飄落在我的肩上，頭髮上。走到圖書館，抖落一地的雪花、棉花，像抖落一地的風雲。

再遠一些，高中的時候已經拿到摩托車執照了。我最喜歡的，是上學放學，去補習學琴時的路程。我騎著一部本田70，厚重的黑色鋼盔戴上去，外面的聲音頓時像被重重的窗簾裹住那樣的鼻塞著。太陽凶狠地在裸著的手臂上猛割。微熱的風也不肯放過那個騎車的人。那時，皮膚被曬成赤道的褐色，乾乾的。我不常和朋友出去玩。唯一的一次，和一群同學夜晚騎著摩托車往新建好尚未通車的公路飛馳。風馳電掣的夜晚，迎面而來的風還帶有白天曝曬的余溫。

我的青春旅程也許沒有觥籌交錯，這些旅途中的片段卻像閃爍的閃電，在最不經意的瞬間會竄入心中，讓我忽然就怔住了，然後不由自主地感動良久。

假如這次的在地旅行，或這一生的旅行有什麼意義，那或者就是讓我累計許多的感動，成全一個美好的自己。

吃一口風，喝一碗惆悵
把影子撿起夾在書中
壓乾一束陽光

懷念誰

記憶是狡猾的。它只讓你記得碎片，從來沒有讓你看見完整的拼圖。命運是吊詭的。你以為是血肉相連的人，其實卻最陌生。

一如我和你。

所有我知道的關於你的事情，都是聽來的。比如你好動，你在外抽煙，你年輕教書的時候把學生的作業從巴士窗口丟出去，因為太爛了……又比如你曾經一口氣買了十二件新衣給我過年，你最喜歡吃榴槤和燒肉，看占士邦。這些，其實我都是聽說而已。

記憶是片段的。就好像舊樓斑駁的牆，殘缺不全，卻時時刻刻都在。關於你的事情，我的記憶也是斑駁的。比如你帶我去看電影《驅魔人》，我記得有個畫面是個嬰兒車沒有人推卻滾下斜坡。還有我們搭渡輪，你一把抱起我，讓我半個身體在渡輪外面給浪花濺上我的臉。或者是你在治療的時候，喜歡吃甜甜的、紅色的楊梅，而我跟你爭著吃。

就這幾個片段，就是我和你一生的相處了。

後來記得的，竟然就是你的葬禮。還沒入殮之前，大人叫我把筷子轉過來給你餵飯。其實也就是點了飯沾在你已變色的唇。你厚重的棺木停柩在家門口，我們穿著黑色的孝服，左袖別上一塊麻布。你出殯，扶靈的人走了好長一段路，我要跟著走，大人卻把五歲的我趕上車。

偶爾，我會想，假設你其實只是跨過了一道光，在另一個沒有我們的地方繼續生活，你會不會寂寞？假設你隔著一道光，眼睜睜地看著那些爸爸本會陪著做的事，比如打羽毛球、學騎腳車、滑輪、摩托車，都由大我五歲的哥哥代辦，會不會心疼？而哥哥們在沒有人教他們怎樣成長為一個男人下，戰戰兢兢地長大變成別人的爸爸，你會不會心酸？你看著心愛的人，瘦弱的肩膀扛著山一般的重量，在夜深人靜的時候思念你崩潰哭泣，你會不會心碎？

我們那個「綠瓦紅牆」的家，由幾個孤兒寡婦在沒有你的參與中一手一腳打理起來。我們的小花圃，種過小黃菊，後來招蛇，結果連根拔起。之後，我們種過洛神花，種過雞冠花，狗尾紅，種過蘆薈。我們的籬笆種的籬笆草一直茂盛著。

我們努力地過著日子，雖然你不在。我們從來沒有談過，但是我覺得每個人心裡都有一個缺口，有一個遺憾。遺憾著我竟然不認識你。

其實，我不知道如果你陪著我成長會是怎樣的一個過程。人家說單親家庭長大的孩子，變壞的幾率很大。幸好我們都規規矩矩的。成年的我們摸索著如何跟自己的伴侶相處，摸索著父親的角色，摸索著如何經營一個有父親的家庭。有時，我一廂情願地想，或者你還是在我身邊陪著我成長的。至少，聽說我和你一樣寫詩，如你一般豁達，不為小事抓狂。

每次去拜祭你，我們擲筊以決定你來吃了嗎，吃完了嗎，喜歡嗎……我總是訕笑。不管你有沒有在我們身邊，總比我們如果面對面卻不知道你心裡想甚麼直接多了。誰知道，或許你真的就在我的身邊。

有時候我會懷疑，其實我可以懷念你甚麼呢？沒有實體的人和事，可以懷念的嗎？那幾個破碎的回憶，已經翻來覆去地懷念了近一輩子，都被磨得啞了。

假設你在光的隔壁，你是不是已經變老了？不要緊。在光的這邊，我代你走你沒有機會走過的中年、老年。

假設我們一起變老。

聽說他把煙吃成一朵雲觸摸我的臉頰
聽說他會笑成一陣雷擁抱我
而他的胡渣刺我成榴槤的余香
而多年以來我收集的
都是這樣一把把的傳聞

說給自己聽

青春就像第一次過冬天，總以為冬天是浪漫的，美好的。直到冬天來臨，才發現自己沒有準備好過冬。衣服不夠禦寒，手腳總是凍著。本來以為下雪很浪漫，結果浪漫過後，雪融時的地滑、藏亂、冷，才開始。有時，刺骨的寒風殘酷地刮過你的臉上。而黑夜特別漫長，特別沮喪。

這就是青春的真實面貌。

那時，你總以為冬天不會過去。它會像個永不復原的凍瘡，反復發作。

你的少年時代是尷尬的。你不知道你應該屬於哪個群體。是那個走路有風的，還是沉悶拘謹的。而「屬於」，對於少年來說很重要。因為它代表了一個身份的象徵，一個自我的肯定。而那個年紀，我們都沒有能力和智慧去肯定自己。可惜的是，你那時就像穿著大人衣服的小孩，不合身的裝扮，不知所措的，不知道往哪裡走。

你讀著你不理解的高級數學和物理，害怕萬一考試不及格，你會傷了誰的心。你害怕的，不是你的未來，而是你會讓誰失望。對於未來，你倒是無所謂。你憧憬著未來，以為成年了一切都會變好。你沒有想過你往後的日子會是如此的崎嶇。本來以為人生很自然會發生的事情，結果卻如此艱辛。

嗯，我們都對未來有所疑惑。但是，我要告訴你，許多人都誤解了你。要到很久以後，你的同學才會知道，原來你心裡有著許多的溫暖，你不是那樣的冷漠。

你以後會記得你第一次離家時的矛盾。你忐忑不安，手足無措。你恐懼，但是你也期待著未知。假如我可以跟18歲的你耳語，少年的我，請你務必要更加勇敢，更加任性。青春只有一次，你要勇敢地去嘗試遠方的空白，你要掙脫你心裡無形的束縛，沉重的包袱。

後來，你一個小鎮的孩子到大都會去找工作。你買了一套可以去面試的套裝，面試回來馬上洗乾淨以便下次面試再穿。你持著短期探訪准證，每隔兩個星期困在人龍裡過長堤，再調頭回來更新准證。有時，實在擠不上過海的巴士，便徒步走過長堤。風塵僕僕的，你每次都希望那是最後一次。面試的時候，你會遇見高高在上的僱主，斜眼看著你薄薄的履歷表，不屑地說，只有成績不好的學生才出國留學啊。你漲紅了臉，不知道該如何去為自己發聲。你還在意自己的口音，因為總會有人說，「聯邦」來的啊。又或者你看到上司皺著眉頭修改你的英文文法。那時，你恨自己沒有好好讀書。

但是，你要相信自己。你要知道有一天你會很有自信地告訴那個讓你等了兩個小時才面試你的面試官說，如果你不覺得我夠資格，那又何必找我來面試。你會指導那個英文老師正確的文法，會有人驚訝地說原來你會華文。

只是道阻且長。

你會心痛，會心碎，你會以為你迷失在濃霧之中。常常，你在夢裡發不出聲音，喉頭似塞滿了一團棉，不痛，只是安靜得要你認命。像是經歷一場夢魘，你動彈不得。

你不要放棄。因為，在不久的將來，你的夢魘會離開，你惋惜的那個人，在很多年以後仍然記得你，見到你會給你一個緊緊的擁抱。你走過半生之後，你了解到付出不代表會有回報，而你也不介意沒有回報，因為你知道船過水無痕。生命，終將煙消雲散。或者你的一生沒有很美好，但是，請你記住，你是美好的。

謝謝你。謝謝你的堅持，讓我終於可以安心。

[1] 聯邦：指「馬來亞聯合邦」（Federation of Malaya，1948至1963年，新加坡並不包括在內）。新加坡和馬來西亞一帶的長輩，習慣以「聯邦」舊稱來泛指馬來西亞。1963年倡議建立「馬來西亞」時才將新加坡、沙撈越、沙巴併入其中，而後來1965年時，新加坡獨立建國，脫離了馬來西亞。

他倏忽松開雙手
任電單車在阡陌中飛奔直至
在稻穗之上飄浮
俯瞰在金黃的波浪中追逐的我們

輯二　清晨，號角以鳥鳴之姿響起

私奔

我們在鎮上路邊一家煮炒攤吃晚飯的時候，我閒閒地提起，說：「今天是我們的結婚週年紀念日啊。」老吳「哦」的一聲，就沒有了下文。

然後20年的週年紀念日就這樣過去。

我們都不是慶祝節日紀念日的人。很多年，我們在路上就忘了日子。後來才想起原來紀念日就在趕車吃麥當勞間過了。我對日期不敏感，對禮物也不熱心。老吳心裡或許感覺很慶幸，因為不必記得，不必製造驚喜。

我對婚姻沒有憧憬。結婚的時候，我們一致同意，婚禮是給家長辦的。所以家長的一切要求我們都照辦，很多細節我們都可免則免，所以其實還是蠻輕鬆的。我暗地裡慶幸老吳也不是那種拘泥於形式的人。結婚後，我沒有冠夫姓，他也無所謂。後來，我們連結婚戒指都不戴了。

如果有選擇，我情願私奔。

我常常在想，結婚的意義是什麼？為什麼我們需要有一個這樣的結婚制度？是因為我們知道我們終究會「四處留情」，所以要早早「畫地為牢」嗎？我問過好些婚姻狀況不同的朋友。有個朋友說，其實結婚是為了生孩子不會給人家罵。一個說，結婚讓她感覺牢靠。後來，我們覺得婚姻制度的存在，不管是什麼形式，或怎樣的結合，其實只不過是一個社會的規範，和相不相愛沒有直接的關係。很多時候，尤其是當兩個人的結合不被祝福的時候，我們都會義無反顧地去爭取一個制度上的認同。但其實，相愛和結婚並沒有相同存在的必要。

有人曾經叫三毛寫「我的另一半」，三毛不肯。她說她是一個，不是半個，結果只肯寫「大鬍子與我」。在20年的婚姻中，我的「另一半」並沒有成全我。我在努力經營一個婚姻的同時，也要孤單地試著讓一個如詩人的我不會迷失。

婚姻是多層面的，不是兩個人相愛，一紙婚書這麼簡單。我們的許多身份，其實沒有衝突。如果婚姻有任何存在的意義，或許就是因為我們必須努力維護這個社會賦予我們的責任，而讓我們的人生更厚實。

在結婚20週年的夜晚，我獨自聽著海浪的聲音，在漆黑的夜晚。偶爾，我會私奔，和我自己，去一個遠方，很遙遠的地方。

茶正暖，愛情卻漸涼
這是第二十次
你給我添一茶杯的承諾
讓我們在安靜中咀嚼歲月
在顛簸中啜飲餘生

洪流

小吳很仔細地問我，我上小一的時候拿的是什麼書包、校服什麼顏色、外婆有沒有陪我、休息時吃什麼。

很多問題我都沒有答案。我對上小一的印象並不深刻。或許，因為那時爸爸剛剛過世，大家都在適應著單親家庭；又或者，因為我是老幺，上小一並不是新鮮事。總之，除了校服那一項，其它的都好像沒有發生過一樣。

唯一記得的是，住在學校附近的外公會騎著腳車接我放學。自從我在幼稚園時嫌棄過外公只圍一條紗籠就去學校接我以後，他總是換上西褲長袖襯衫體面的出現在校門口。那樣的寵著我。

我們的學校在河邊，「校舍傍水灣」的校歌唱了12年。我的小一，甚而六年的小學生活是單純的。我們也起早摸黑地上學，下午一點餓鬼似的放學。休息時，和同學玩一二三木頭人。很多字不會讀不會寫，算術從一加一開始學起。遲些，學長會流傳河邊鬧水鬼的故事，小一生嚇得不敢去河邊的廁所。

那是我們的小鎮，我們的年代。

小吳開學前，我們比她緊張。主要原因是學校特別周到，資訊給得特別多，指示也給得特別多，以致我們深怕漏掉了什麼。後來終於開學後，我發現原來小吳要適應的，不是「學校」這個地方，也不是課業的學習，而是還來不及單純就要世故的世界。比如要學習如何應對耍心機的同學，如何決定大人這麼說是認真的還是開玩笑的，如何在六歲就要有大人的行為舉止，生活模式。

這是她的城市，她的年代。

即便我如何懷念，或如何不願她因為天真而受傷害，我的年代已經終結。沒有哪一個年代會比哪一個年代好。每個時代都有不同的故事，不同的使命。我們都是隨著時代的洪流奮力向前游的人。偶爾，我們喘口氣，寫一首詩。小吳也要在她的洪流中尋找可以讓她喘息的立腳處。而這是我沒有辦法為她做的事。

現在，我下班去學校接小吳放學，好像當年外公接我一樣，殷切地尋找那張小小的臉孔，戰戰兢兢地牽著那小小的手，走我不熟悉的年代的路。

我們留不住一個年代，一如一個年代不會為我們停留。我們能做的，就只是把愛傳下去，並期望下一代也把愛傳承下去。

如此而已。

從小學到中學，唱了12年的校歌。

或許我溺斃在蔚藍裡
或許我漸漸消失
或許你，泅渡至彼岸

下一站，幸福

傍晚，我們沿著公園聯道散步。我非常喜歡這一段路。涼風習習，沿路都是樹蔭。我們走走停停，看看落滿地的花，檢視被鳥吃一半掉落草地的果實，和含羞草玩一陣，摘幾朵路邊的小花。

小吳對這段路的目的地比較感興趣。走路到遊樂場玩是她一天的亮點。偌大的公園裡小孩很多。小吳缺少的，只是玩伴。我坐在長凳遠遠地看著她自己一個人玩，有點興致缺缺。她跟著其他小孩，試著交朋友。有時，她和大人聊天，大人敷衍她，她默默走開，眼神有點落寞。偶爾，她會找到肯和她一起玩的朋友，於是特別快樂。

我常常想，快樂，或是幸福的定義是什麼。小吳幸福嗎？作為獨生女，即便我們如何疼她，如何陪伴她，她總會覺得有些孤單吧？而這樣的童年幸福嗎？我幸福嗎？可以坐著聽聽時間的流轉，就是幸福的嗎？

有時，我們會數著生活中的小確幸：情人節和所愛的人安靜地在小吃店吃一頓飯；

不浪漫的伴侶做了一件窩心的事；悶熱了幾天終於下一場滂沱大雨；忙了許久然後偷閒喝一杯好咖啡；看了一本好書，邂逅一首好詩……

但是，幸福和快樂是短暫的。我們對於痛苦的記憶比較長久。就好像有些被截肢的人，過了很久，不存在的手腳仍然會感覺痛楚。我們總是會沉溺在自己的悲痛當中。好像只有這樣，才能證明我們的確是為我們的人生付出了努力。如果幸福了，我們會覺得不安，有些不確定，有些懷疑。然後我們把痛苦再拿出來溫習一次，告訴自己對了，我們苦過了，可以幸福一下了。

雖然說六十從心所欲，但是這心之所欲卻未必是幸福。假如我問家裡的老人家，他們實不會說幸福。生活的重擔都挑不起來了，幸福就更遙遠了。久而久之，我們習慣了不幸福，習慣了悲苦。

心理學家榮格（Carl Gustav Jung）覺得幸福是要自己去尋找的。我們要尋找內心深處的熱忱和動力，聆聽內心的聲音，然後去追求。那就是幸福的來源。

所以，我寧願相信，小吳在遊樂場的那一刻是幸福的。我忙裡偷閒喝一杯咖啡的時候是幸福的。就這樣一點一滴的收集小確幸，或許以後就可以理直氣壯地告訴自己，我是幸福的。

多年前去北海道旅行，當地導遊慫恿著買一個「幸福站」火車票製成的鎖匙扣。「幸福站」還留著，只是不知道我們的一生當中，有幾次過站不停留，或錯過站了，或根本到不了站。

又或者，下一站，就是幸福。

你收集眼淚
一如你收集雨水
涓滴成幸福

距離

小吳寫功課寫到一半，頓了頓，抬頭問我，「今天是幾號？」我愣了一下，瞄了一眼我的電腦屏幕，把日期告訴她。我們都忘了日期，忘了星期幾。

近來，我們都過得有些模糊。在家這段時間，我們對於按時上課按時辦公都不是很熱衷，時間伸縮性很大。常常，我們生活的心態有賴於我們扮演的角色，甚至是流於表面的東西，比如在家穿什麼衣服，出外上班穿什麼衣服。現在沒了這層提示，在家和上班之間的距離變得很曖昧。

其實最讓人不知所措的，還是和家人之間似乎忽然沒有了距離。我們都習慣了一天之中扮演不同的角色，好讓不同的自己有歇息的時候。但是忽然間我們都要以同一個姿態去度過每一天，而且沒有回避的選擇，以至於我們筋疲力盡。我們在局促的房子，和最親近的人特別靠近，卻迫不及待地想要逃離，然後互相傷害。在疫情隔離期間，家庭暴力案件的激增不是沒有原因的。

我們需要距離，即使是和我們所愛的人之間。

我的老家是個小地方，人口不多。如果從州回教堂作為中心點，那我們日常生活所需，或要探訪的親朋戚友都會在五公里的範圍以內。不管在哪裡，我們抬眼總會看見大片空曠的稻田。遠處，還有一座象嶼。我們家和鄰居英姨家從來都沒有踏入過彼此的家門，但是隔著一道籬笆，我們交換了生活中的喜樂和煩惱，交換了美食，柴米油鹽和情誼。我們不習慣擁抱，不習慣碰觸，但是我們習慣在一定的距離關懷。

或者，我們都需要重新思考距離和情感之間的關係。我們一直以為和朋友之間是親近的，因為常常見面吃飯聊天。但其實，我們存在著一定的距離。而恰恰是因為有了距離，所以感覺更靠近。

又或者，我們也需要重新思考相處和距離之間的拔河。我們一直以為和家人有了距離，但其實也許那是因為我們太靠近。靠近得我們看不見更大的一片森林，只看見眼前被蟲子咬得千瘡百孔的葉子。

我看了也試了許多專家對於如何邊居家辦公邊應付小孩居家學習的建議。結果都不是很成功。所謂的建議和方法原來都很平面，但是如何拿捏母女之間的距離卻不是一個固定的方程式就可以解決的。我每天都要隨機應變，更動計劃，以更實際的方式應付不按牌理出牌的小朋友。更重要的是，如何在這時時刻刻看似沒有距離的生活裡抽離，以找回另一個自己。

我沒有答案。事實是，我們都要不斷地去斟酌與練習，和誰，保持怎樣的距離。這樣的演練是終其一生的。人生是一場沒有結局的拔河。或許我們會徬徨，會疲累，會崩潰，但是人生之所以精彩，在在是因為它如此的千變萬化。

而我愛你，所以偶爾我會離開，這樣我才會因為想念你而趕著回來。

我們隔著一公尺的距離對望
你微張著口
吐出一朵蒲公英
飄落我的肩頭，都是思念

抬头，就看到那一大片
稻田，那座山。

女神

本來約了碧金在島國見面喝茶，結果因為疫情，來不了了。碧金原本要帶18歲的女兒來參加一場國際芭蕾舞比賽。

這還即將是我和碧金在中學畢業後第二次見面。

碧金是當年我們的校花之一。她漂亮，但是不鋒芒畢露，也不是那種高調的風雲人物。她恬靜優雅，善良熱誠。以現在的話來說，她就是一個女神。我當年和女神不熟。畢竟她是女神級別。奇怪的是，畢業多年後，居然靠著科技聊著聊著就熟絡起來。

碧金對於家庭和事業都事必躬親。女兒對芭蕾舞有極大的興趣和天分，她就常常從檳城開車把女兒送到吉隆坡去訓練比賽表演，或飛來新加坡觀賞表演參加訓練班。一雙兒女和家庭，是她的第一。

碧金不是唯一一個把家庭放在第一位，把自己的需求往後挪的。我觀察了許多同學，發現我們這一代的媽媽，或是我們上一代的媽媽，都有著這樣一個情結。我的同學中，有許多都為了家庭放棄事業，或努力打拼，不辭勞苦。今天我們羨慕著她們安樂的生活，其實都是苦盡甘來的。我知道，在這個過程中，她們自己的需求，都是次要的。

蔡媽也一樣。在我成長的過程中，蔡媽總是在工作。她從沒有週末。不上班的時候，她教補習，賣產品。有時，她把學生叫來家裡準備辯論比賽。過年，她帶舞獅團去采青給學校籌款。很多個晚上，我躺在床上和她聊天，句子還沒講完，她已經累極睡著了。她的座右銘是「橫眉冷對千夫指，俯首甘為孺子牛」。她做她應該做的事，不是她想做的事。

我剛剛卸下職務轉當半職以後，掙扎了許久。在照顧小朋友和家庭與尋求個人時間之間找不到平衡。就好像在黑暗的迷宮中找一個出口，不見前路那樣的焦急。後來，一位資深的同事語重心長地說，要記得當初對於工作的決定是為了小朋友，不是為了自己。「莫忘初衷啊」，她說。我頓時覺得醍醐灌頂。

有人會說，放棄事業回歸家庭，是你自己的選擇。其實，所謂有得選擇，是西方文化的一個迷思。事實是，對於家人，不管你是兒子女兒，或父母親，或兄弟姐妹，都是沒有選擇的。我們帶著愧疚過一輩子，然後用一生來補償。

我們的共同點，在於我們付出，但是我們不計較付出會帶來什麼回報。我們付出，連帶我們自己都失去。雖然我們沒有碧金的美貌，但是我覺得我們都是女神。

很多年前我在北國念書的時候，會在冬夜和朋友開車到麥田中仰望夜空。漆黑的天空，靜靜地跨著一道銀河，閃爍著。我希望在我黑暗的日子裡，會有點點繁星照耀，好讓我看見亮光。

給你我的雙眼，讓你帶著去問路
給你我的耳朵，讓你把叮嚀種在心中
給你我的幸福，讓你為你的花園施肥

我們的女神，碧金。（照片來源：碧金）

悠長假期

學校假期緊接著居家學習提前開始那天，我便慌了。這一個月沒有作業，沒得去博物館的假期，每天14個小時，我們該做些什麼呢？

於是我問起朋友們，以前讀書的時候啊，學校假期我們都幹什麼來著？或者我們年齡漸長，對於以前的種種所記得的都不多，細節自然缺乏。但是，大家唯一記得的就是假期裡都在玩。住在小鎮的小孩都喜歡到朋友家去，或到河邊捉魚，和鄰居的小孩打玻璃彈珠什麼的。聽起來真是多姿多彩。

比起其他同學我的假期實在平淡得我都沒有什麼印象。只是隱約地記得蔡媽定下來的時間表，幾點看書，幾點做作業，幾點練琴，幾點做家事。我好像也沒有什麼玩的。而且，校長的家，同學也不是很熱衷要來玩。所以，我唯一的消遣，只剩下看書和無所事事了。

工作以後，假期就保留給旅行了。那時，總覺得難得放假，就要出國去旅行，看看世界，要不然就辜負了自己辛苦工作一整年。於是，每年都計劃要給自己一個不同的假期。

後來，時間轉了一圈，又回到了學校假期的時候。這時，我發現原來我對無所事事或玩這些概念已經無所適從。或許這麼多年在職場上早已經習慣了分秒必爭的作息，一旦閒了下來，就會有愧疚感。所以我一直在想要怎樣讓學校假期可以更充實。

但是，假期的意義是什麼呢？是讓我們多學到一些什麼嗎？是讓我們收集經歷還是蒐集旅遊的戰利品嗎？

直到有一天我偷了一段時間坐下來喝一杯咖啡。我放下了手裡所有的東西，甚至放下了書。我從陽台上望向遠方，看著游走的雲，湛藍的天空。下午四點，四周炎熱的寂靜著。

其實，假期的意義，在於我們從生活中重獲自由。常常，我們以為旅行出走就是掙脫日常作息而自由了，卻沒有想到其實我們跌入了另一個桎梏中。事實是，我們急著要看一些什麼，完成一些什麼，清掉一份人生清單。但是，我們帶著許多的牽絆，即使是在假期裡或旅途中，還是不自由的。

我們時刻都這樣地拔河著，蒙蔽自己。假期的迷思，就是昆德拉說的「生命中所不能承受的輕」。

我記得念書的時候，有一個週末，我和同學心血來潮，開車穿過州界線到愛德荷州，一路沒有目的地走去。最後，我們去到一個只有200人口的小鎮，到一家西部牛仔酒吧喝咖啡。寒冷的冬天，沒有特別的人和事，卻是我最難忘的假期。

我是媚俗的。我還是會安排活動或時間表。但是，每天下午我和小吳會坐在陽台，無所事事一段時間。

然後，積累了多天的烏雲轟隆地落下雨。悠長的假期終於結束了。

我的願望是住在一間白色的空房子
走出去就是雲間
關上門竟是遠方

寂靜人生

我的單位對面是個小山丘，山上有座小小的教堂，小山坡底下是個遊樂場。冬天，如果晚上下起雪來，第二天早上，可以看見白皚皚的一片沒有被踩踏過的雪地。我沿著遊樂場旁小路徒步走去上課，晚上走同一條路回家。喝著冷冷的空氣，擁抱著自己。有时，我走去學生中心看場舊電影，或到音樂學院去看場演奏。每天兩次的路段，是我在寒冷的異鄉生活的慰藉。

我是那個不覺得孤獨是寂寞的人。

可以居家辦公的時候，我暗自竊喜。因為可以名正言順的獨自一人了。我在辦公室上班最大的苦惱，不是工作或任務，而是那過度友善熱情，時不時來串門子的同事。還有時不時就要見面開會，客套寒暄。這樣一天下來，心力交瘁。

這是內向的人的通性。心理學家認為，內向的人不是不愛說話或不愛交朋友，而是需要很多個人的時間和空間給自己充電。外向的人累了會想到找朋友去玩樂，內向的人卻需要寂靜來安慰自己。

但是，這個世界是外向的。美國作者凱恩（Susan Cain）在她的書《靜穆》（Quiet）裡提到，西方文化根本上是崇尚外向的。比如活潑、喜歡社交活動、話多語速快等等是智慧的象徵。在職場上，外向的人被普遍認為具有領導才能。也因為這樣，社會低估了內向的人的強大力量。一個內向的人要在外向的世界裡游走，需要極大的勇氣和能量。這些能量不是誰可以賦予的，要自己去累積。有時我們可以揮灑自如，有時我們會無所適從，然後崩潰。

我剛剛開始工作的時候確實手足無措。好像以前所學的沉默是金、閑靜少言，不慕名利、君子欲訥於言而敏於行等等，忽然沒有了容身之地。這樣一個文化衝擊是痛楚的，很容易就會粉身碎骨。要經過很多年的琢磨，才與這個社會磨合，找到平衡點。

最大的挑戰，卻來自家裡。小吳是個外向的孩子。她樂天活潑，好動多話，靜態的活動對她來說是極度沉悶的。於是每天和她一起的時間非常消耗精力。不停地交流更讓人筋疲力盡。有時，我會很愧疚，因為實在沒有辦法長時間處於一個亢奮的狀態，陪她持續一個接一個地活動下去。但是，就像內向的人要適應這個外向的世界一樣，外向的人也要學會尊重內向的人對於寧靜的需求。所以我常常和她磋商一段安靜的時間。

我不能把小吳培養成另一個我。我們的性格和興趣南轅北轍，但是我願意讓她隨她的個性成長。畢竟，這是她的人生。我所能做的，只是在有限的時間裡，尋找無限的力量。我最期待的，是每個星期一次送她去上美術課的一個小時，讓我可以喝一杯咖啡，孤獨片刻。

常常，一天下來，我幾乎癱瘓在床，在黑暗中想起多年前在雪地裡的步行，反復練習精神散步。然後在另一場黑暗中醒來，希望儲存的能量可以堅持到夜晚，當一天的啦啦隊隊長。

寂靜，其實最大聲。

我的心在寂靜中
轟然崩塌
一如我過往的回憶

冷冷的冬夜，無人的路。

簡單生活

搬家公司送來50個紙箱，說如果不夠，還可以提供。我心想，40個應該也夠了。然後站在客廳中，不知從何開始收拾，好可以兩個星期後搬家。

一邊收拾一邊才發現，原來平時以為雜物不是很多的家，竟然也有許多瑣碎的東西。最讓人頭疼的，倒是書。許多買下來的書，令人難以割捨。尤其是收了很多年的所謂藏書。

在外生活的時候，有次搬家，請同學來幫忙。同學把車開到宿舍門口，看見我一件行李在身邊，說：「還有幾箱啊……我幫你。」我說沒有了。就這一件。同學居然有點不知所措。後來幾次搬家，從一間宿舍搬到另一間宿舍，我還是一件行李。有種孑然一身的感覺。

阻斷期間在家，發現所需的東西更少了。我試了幾個星期，發現其實我只需要七套的衣服，和兩雙鞋子就夠了。洗漱和化妝用品，一套也就綽綽有餘。

常常，我們被五光十色的周遭所迷惑，以為我們生活缺少了很多。又或者，以為需要一些什麼才能生活得更舒適。因此我們拼命在身邊堆砌身外之物，似乎這樣就會填補我們的空虛。

整理達人近藤麻理惠（Marie Kondo）很紅的時候我也很認真地去研究她的方法。後來發現丟棄其實只是一個讓人重新再買的藉口。但是很多人並沒有經濟能力可以實踐這種「不愛了就丟棄」的生活方式。讓人怦然心動的東西太多，單就「留下所愛的東西」是一個整理人生的障眼法，並不能就此過著一個令人怦然心動的人生。事實上，即便我們留下的是過去的傷痛，也會是一個豐富人生的見證。

我們留戀過去。我們的心裡有很多回憶。我們也有很多憧憬。所以我們留下身邊很多東西，以便我們能夠感受美好，記住悲傷，擁有回憶。一個讓人怦然心動的人生，不在於擁有或不擁有什麼，而是在於我們如何把心裡的波瀾撫平。這卻不是誰說了算的。我們的生活大量堆積了物品也罷，極簡也罷，都是我們自己下的定義。

我崇尚極簡的生活。搬家的時候，我們還很認真地考慮不在客廳放沙發。但和另一個人一起生活，代表了有時不能太任性。所以我的日常環境沒有辦法極簡。於是我試著把人生過得極簡：比如對於別人的要求，對於事情的要求。後來我發現，人生和生活其實並不互斥，我們原來可以在沒有極簡的生活環境中過著極簡的人生。

我還是很希望有天可以住在一所空房子裡，裡頭只有一張空空的大桌子。只不過，現在我們的客廳還擺著一張小沙發。

我的願望是住在一所白色的空房子裡
讓無色的靜謐
安撫空著的我

照舊

常去的那家吐司店貼了張告示，說到年底就停止營業了。我的心沉了下去。這是離我家最近的吐司店，環境最清幽。主要的是人少，常常我就是那個「包場」的食客。其實我早該有心理準備了。泡咖啡的小哥看見我，仰了仰頭，說：「一樣啊？」然後朝告示牌努了努下巴。我說我看到了，怎麼辦。

小哥泡好了我的 kopi-o siu-dai（黑咖啡少糖），我坐到我慣坐的角落。午後三點的太陽剛好從玻璃牆外照到我前面一張桌子，把桌子切成三角形。我在光的後面，看著灰塵在三角形中起舞。

我甚至記不起幾時開始學會喝咖啡，而且是黑咖啡。也許是在外公家吧。記得外公家總是一壺接一壺的黑咖啡泡著喝。買的是三山咖啡粉，透明的塑料包裝，一打開香味四溢。本地的咖啡在烘炒的過程中加入糖和牛油，研磨出來的咖啡粉油亮油亮的，泡出來的咖啡特別烏黑香濃，有薄薄一層油光在表面。喝仔細一些，會有燒柴的一陣煙薰味。我想，直到今天我仍然偏愛這種草根咖啡不是沒有原因的。

讀大學的時候，有個學期由於時間表的安排不盡理想，我在兼職工下班趕去上課之間沒有時間吃午飯，便在課室外的自動販賣機買一杯咖啡和一包巧克力去上課。倒是教授發現了這個習慣，問說午餐都是咖啡巧克力啊。

往後的數十年，喝咖啡的習慣便根深蒂固了。在不同的時期，不同的咖啡店、吐司店，不同的時段，一樣的咖啡。喝久了，泡咖啡的頭手不等開口便遞過來一杯烏黑的咖啡，一種不言而喻的默契。

習慣就像攀牆的藤蔓，在你最不注意的時候悄悄生根。即使後來把它拔除，牆上還是會留下痕跡。就像婚姻。

婚姻最終都會變成習慣。習慣了下班回家，有個人在那裡；習慣了杯子的位置，牙刷怎麼放，星期幾洗廁所；習慣了回到自己最邋遢的時刻，窩在角落療傷。我們相信身邊的那個人也一樣習慣了這樣的日出日落。漸漸的，我們停止了說話，因為我們習慣了婚姻。

一開始不是這樣的。婚姻的最初，我們都嘗試著磨合各自的習慣。而磨合的過程，就是要我們放棄一些，培養一些。又或者，包容一些。起初我們會覺得，那不說話的時候確實讓人心疼。後來，竟變成慣性的孤寂，讓人懷疑是不是還存在。

小吳上小學以後，我們要培養一些習慣。比如習慣溫習功課，習慣早睡早起，等等。而每次我們要開始一項新的習慣，總要經過一番哭鬧掙扎。其實，要培養一個習慣，意即要放掉一個原本的習慣。但是，我們依賴著習慣。它是一面保護著我們的牆，讓我們退到一個安全的位置。無論外面如何刮風下雨，我們都可以寸步不移、安安穩穩。所以要我們戒掉一個已經上了癮的習慣，就像要把我們的牆拆掉，讓我們赤裸裸。於是我們慌了，無論如何都不肯。

習慣後來成了儀式。杯耳要轉向右邊。回家進門前要蹭兩下腳。講完電話再見要說兩次。一天喝兩次黑咖啡。很村上春樹那樣的守著儀式。即便我們的日常——尤其在這樣的大環境下——成了無常。因為，回到了我們熟悉的習慣，過完了我們的儀式，才算是過完了日子。

後來就再也找不到表面泛一層油光的黑咖啡了。

回家前要把風霜抖落
滿一地的塵土
擱在玄關

遠方

那天，我們窩在同學的小單位吃飯，一個同學忽然說，「哦三毛自盡」。輕描淡寫的。那個沒有互聯網的年代，同學得到消息的時候已經過了一段時間。我的手邊還帶著一盒《回聲》的卡帶，一本《送你一匹馬》，時不時在異鄉慰藉我思鄉的心情。

我想起讀中學的時候，正是新加坡新謠正火熱的時候。我們雖然遠在半島北方，卻也被激起寫自己的歌唱自己的歌的情懷。我們常常在休息時候，或下午課外活動以後賴在學校不回家，有人彈吉他然後就開始唱歌。最愛唱的，就是《回聲》裡面的一首歌，叫《夢田》。

那時，我們私底下都有一個夢想。我們唱著《橄欖樹》，在齊豫空靈的聲音中夢想著去到遠方，也不是流浪，只是覺得應該要離家了。離得遠遠的，離開爸媽的身邊。即便我們或許並不知道自己想要尋找的是什麼，我們還是很想出走。

於是，我們陸陸續續地離開。許多人就再也沒有回去。

開始半職的工作安排以後，我便忙著適應新的生活作息。小吳適應新的學習環境，我適應不同的工作安排，新的家庭責任。這段期間，我和小吳都在相互磨合。於是每天都像是在一個作戰的狀態中。我又是個異常守紀律的人，常常在腦海裡提醒自己下一個時段要做什麼，完成什麼。後來疫情爆發，我們又開始適應在家辦公上學的節奏。一段時間下來，我開始迷惘，因為發現自己好像已經迷路了，困在生活的大迷宮裡。

於是我開始努力回想起以前的夢想是什麼。我現在的生活，是不是以前一直憧憬的未來。卻也在這個時候我發現我竟然忘記了當初是不是有什麼夢想。我隱約記得，有一段時間十分想要到臺灣去讀中文系。後來，確實是離家了，到了一個遙遠的地方。但是，這一路顛簸走來，跟以前想像的一帆風順的人生也完全不一樣。

我問起朋友們當初的夢想是什麼，有沒有達成夢想。朋友中，有些夢想當賢妻良母，有些夢想當電視主播，廣播員，老師……小燕說，其實我們小鎮的孩子，並沒有什麼夢想，只有走到哪裡就是哪裡。我要很久以後才發現，很多同學其實不是沒有夢想，而是在家裡環境的需求下放棄了自己的夢想。

比如有原本想升學的同學在20歲的時候被叫回去接手父親突然逝世留下的生意；有繪畫天賦的同學選擇了比較有經濟前途的學科；有舞蹈興趣的同學因為當時缺乏機會而擱置了……無論如何，能達成自己當初的夢想的，少之又少。

終究，我們都要在現實面前低頭。機遇和際遇決定了我們的人生。很多時候，所謂追尋夢想，是一種奢侈，是在沒有後顧之憂的情況下才有資格去追求的。在我們的年代，顧慮太多，責任太重，在現實和夢想中，我們舍棄自己的夢田。

畢竟也經過這麼多年了。很多事情已經事過境遷，我們對於現在的生活甘之如飴。有些朋友開始重新拾起從前熱愛的活動。雖然我們知道離開夢想已經很遙遠，但是我們還是耕著心裡一畝田，等待著梨花開盡春回來。

即使有時候，夢想是到不了的遠方，那麼遠。

沙灘上躺著四散奔逃的腳印
往海的方向離去
在藍色的遠方徜徉

夢想在遠方，如雲般縹緲。

斷捨離

好不容易過完頗超現實的一年，我們又要重新安排適應新的日程。我回到全職的工作，新的團隊，新的任務。小吳開始適應新的環境，學習獨立。我們散步的日子似乎已經停止，她聒聒噪噪的聲音在白天忽然消失。我在家辦公，偶爾停下來，發現屋裡竟感覺冷清。屋外，噪鶥還在啼叫，多風的季節把花草樹木吹得沙沙響，然後感覺陽光的溫熱。

我有種悵然若失的感覺。

去年我和小吳每天都在一起大半天。阻斷期[2]和學校假期期間，更是時刻不分離。有時，我會煩得吼她。有時，我嘮叨她做什麼事都磨蹭半天。有時，非常希望趕快回去上班。到真的回去上班了，卻又矛盾地覺得不捨起來，好像身邊少了一些什麼。

在決定回不回去全職工作之前，我思考了很多。抉擇，都是困難的。不管我們的決定是什麼，都要放棄一些東西。比如把小吳留在身邊，得到了很多和她相處的時間，但是失去了她獨立學習和與朋友社交的機會，我也失去了自我的時間。要讓她得到學習的機會，我便得放棄相處的時光。不管怎樣衡量，總有得失。

好幾年前，一個日本同事跟我聊起「斷捨離」的概念。山下英子提出「斷捨離」的時候，主要是針對物質上的取捨。斷，等於不買、不收取不需要的東西；捨，要處理家裡沒用的東西；而離則是捨棄對物質的需求。最終的目的就是讓自己身處的空間寬敞舒適。

但是「斷捨離」，不能只停留在物質和家居雜物整埋的表面。因為我們對於物質的眷戀，追根究底，還是因為我們內心離不開對於身外物、塵世的追求。

畢竟，本來無一物，何處惹塵埃。

在我們的生活中，總要有捨，才會得。這個感悟，要到我陪著小吳成長後才更加清晰。比如，隔幾個月，她學會的詞彙多了，對於事物的了解不同了，對於日常生活的需求改變了，也因此我需要捨棄過去對待她的方式，才會得到新的相處的體驗和了解。就好像不合身的衣服一樣，必須處理掉，這樣才會得到更寬敞的空間。

常常我們被困在過去的牢獄裡，背負著許多不需要的包袱，不管是快樂的還是悲苦的。我們收著這許多的舊衣服，告訴自己這件紀念一段愛情，這件是一次的心痛，那件充滿了恨意，另一件又是一次的等待。然後衣櫥滿了，再也沒有給未來的空間。

假如我們要從回憶的桎梏中出走，就必須有心靈上的斷捨離。

過年大掃除的時候我把小吳不再玩的玩具、穿不下的衣服等等都清了出來。在孩子成長的過程中，我們都應該在適當的時候慢慢放手，捨得放手，因為這樣，我們才有空出來的雙手去擁抱。

我們的過去成就了自己。那麼，就讓它留在過去。就好像已經見證時間多年的老樹，所有的歲月已經印刻在年輪中了，再也不需要華麗的證明。

改天，再和小吳散步的時候，或者我們會一起舞蹈，和風，和雲，和陽光。

---

[2]阻斷期（「阻斷措施」期間，Circuit Breaker）：於 2020 年 4 月 7 日至 6 月 1 日間，新加坡面對疫情初步升溫時的「居家防疫」措施，所有「非必要」的行業都必須停業，大人居家工作，學生也都居家學習等。

我掙脫了影子
活成一座空山
滿滿都是綠

被遺忘的時光

一頓飯吃下來，碧璇媽媽問了我不下五次我以前住哪裡。知道我就住在他們家附近，她就說起從前誰誰誰也住那邊，我認不認識誰誰誰。一模一樣的問答，有點像電影《今天暫時停止》（Groundhog Day）的情節。只不過，這是一天重復很多次，而不是每天重復一次。

碧璇見慣不怪，習以為常地繼續和我閒聊，一邊細心地服侍媽媽吃飯。

碧璇媽媽還在失智的初期。但是可以想像，給身為單親媽媽並且自己創業的碧璇造成了多大的困擾。堅毅的碧璇，在因為疫情而失去收入的情況下，勇敢地開發新的經濟來源，不讓家人受到影響，還樂觀地把失智的媽媽照顧妥當，陪她唱歌跳舞、做養生運動、給她打扮漂亮、為她按摩疼痛的筋骨等等。直到有一天她洗澡時失聲痛哭。

我深深地被感動。

疫情居家期間，如此的日復一日，日子過得有些模糊。有時還會有種「今夕是何夕?」的感覺。失智的人，日子是不是也是這樣過的呢?他們每天醒來，其實是在今天醒來，還是在昨天醒來?明天，對他們來說，會有什麼意義呢?失智老人在經過不同階段後，到後來無法自理，無法溝通的時候，他們去了哪裡?

每個週末，我們去探訪家裡的老人。我湊前去叫她，有時，她會牽一牽嘴角，更多時候她空洞的雙眼茫然地看著前方。我看著失智後期的家長，心裡特別心酸。這是一個經歷過近一個世紀的風雨，克服過多少艱難的生命啊。這樣一個人生的付出，成就了多少夢想，而今他們所能做的，卻只是留下一個軀殼，和一段被遺忘的時光。

看著長輩一天一天衰老下去是揪心的。看護失智的家人更是心力交瘁。除了要應付他們不自知的脾氣和吵鬧，更要承受看著他們一點一點，漸漸地離開我們，越來越遠。看護需要極大的耐心，勇氣，和毅力。就是這個時候，我們想放手，可是我們捨不得放手。

社會其實不能為他們做些什麼。經濟上的援助固然有所幫助，但事實上，我們都有心無力。因為我們都不知道如何開啓那道重重上鎖的門，不知道通往哪裡，甚至不知道他們還在不在。

生命是圓的。失智的盡頭，似乎也就回到了生命的開始。回到嬰兒時期，不能自理，不會溝通。如果是這樣，那麼在這個循環之間幾十年的意義又是什麼呢？

不是每個人都有機會老去的。父親過世時正值盛年，還來不及遺忘就已經驟然結束。假如有一天我會把時光都徹底的遺忘——忘記名字，忘記說過的話做過的事，忘記熱愛過的生活，忘記所愛的人，到最後忘記如何吃飯，如何睡覺，忘記呼吸——那我還剩下什麼？

有時，我們會做碧璇的後援群，給她加油打氣。我們都知道這種聲援很空洞，但是或許可以給她一些繼續下去的能量。畢竟，這是一個漫長且痛苦的，跟世界慢慢告別的過程。最重要的是，我們不要把他們遺忘。

把回憶還給你
把愛情還給你
把呼吸還給你
把心，還給你

碧璇和渐渐遗忘的妈妈。
（照片提供：碧璇）

彩虹橋

早晨起來，看見歐弟躺在一淌血泊中，一大堆的血塊，我們就崩潰了。炳哥在一旁慌張地看著，有點不知所措的樣子。我們分工合作，我張羅了小吳去上學後，趕到獸醫診所。

歐弟那時已經15歲。以中型犬的壽命來說，已經是人瑞级。歐弟是只黑白史賓格犬。黑色的頭臉，雙眼之間一道白毛，然後一大片黑亮在背上。我們帶它回家的時候，它剛剛從警犬隊退役。歐弟有著18公斤標準健碩的體格，一進家門便發揮它嗅爆炸物的職業病，在我家廚房聞著一堆洗滌用品。有一整個星期的時間，它不吭一聲，我們都以為它是啞的。

那時我們家裡已經有了炳哥。炳哥是只全白，五公斤的小型馬爾濟斯犬。我們經過寵物店，看見小小的，有點髒髒的，頑皮的它，覺得或許別人看不上眼，便把它買回家。那時要領養一隻狗兒的途徑不多，而且都是大型流浪狗，政府組屋也不允許飼養。

只有兩個月大的炳哥於是成為我們家的新成員。

炳哥和歐弟不是一開始就是好兄弟的。兩條狗花了一段時間才適應了彼此。炳哥雖然是先來者，但是看見威武的歐弟，卻也不敢貿貿然地去惹它。一直到後來，尤其是歐弟離開以後，我們才發現原來它們已經發展出很深的情誼。因為沒有了歐弟，炳哥的健康每況愈下，漸漸沒有了神氣。

我一直以為我們把炳哥和歐弟帶回來，是給予它們一個家。尤其是歐弟。但其實，因為它們，我經歷了另一種生老病死，看見另一種人生的價值。

炳哥和歐弟到老年的時候，不約而同地患上甲狀腺功能減退症，而且經過很長時間才確診。獸醫很訝異，因為甲狀腺疾病是遺傳性的，同一個家庭裡不同品種的狗兒同時患病的幾率很少。由於治療的費用比較高，好心的獸醫偶爾還會把別人退回去的藥免費給我們。後來，炳哥患上糖尿病，每天兩次給它打針，然後它漸漸聽不見，看不見，到最後沒有辦法再走。那時，它16歲。

歐弟失禁以後，我趁上班午餐時間回家清理。有時，老吳趁午餐時間趕回家帶它出門解決。下班回家，一邊安置小吳，一邊清理廚房。歐弟是大狗，再加上在警犬隊的訓練，關節退化特別嚴重。我們和它散步，步伐越來越慢，到後來走幾步，停一陣，再走幾步，一屁股坐了下去。

我不知道在變老的過程中，它們有沒有痛苦。我想是有的。有時，歐弟會輕輕地哀嚎幾聲。有時，它挨著我，靜靜地與我相望，清澈的眼睛滿是依戀。我想，是不是痛呢，會不會難過呢。

我們的世界很大，生活很忙碌。狗兒對我們來說，或許只是累的時候，空閒的時候，填補空檔的消遣而已。我常常看到在外遛狗的，很多都是幫傭。我們把狗兒當著寵物那樣地物化它們。但是，狗兒的世界很小。它們的一生，或許就只是我們了。歐弟的前半生都在「工作」，退休後，它的世界就圍繞著我們家。每天，炳哥和歐弟相伴，在家無所事事，唯一的期盼就是我們下班回家。然後跟進跟出，黏著我們。

小吳還是嬰兒的時候，每每在客廳睡覺，炳哥和歐弟很有默契地趴在她的左右，一動不動。偶爾，會抬起頭看看她一眼。那樣地守護著她。炳哥和歐弟離開時小吳還小，不能了解死亡這件事。我們只能告訴她，它們過了一道彩虹橋，世界更遼闊更美好。

生命都是一樣的。不管是人是狗，我們都會經歷生老病死，我們都會付出。只是比起狗兒來，我們的雜事太多，對它們的付出更少。

我們以為我們給了狗兒一個家，結果卻是它們全心全意地給了我們一段感動的人生。

嘿，該走了嗎？
天色已暗，寂靜漸厚重
人啊，再見了

歐弟。（炭筆畫）

遇見巴哈

溫文爾雅、帥帥的史教授過了一個學期都學不會叫我的名字。不過沒關係。史教授講到適當處，總會順手拉起小提琴來示範。優美的音樂和帥氣的樣子讓很多事情都可以原諒。教授規定一個學期下來，要觀賞至少四個演奏會。演奏會是音樂系學生的功課，免費開放。

我第一個學期到華盛頓州上學，便選修了屬於通識教育科目的音樂鑒賞。我很現實地想，我學過鋼琴，選修音樂可以少點溫習，拿好成績。我沒有料到的是，國外音樂鑒賞課的教學方式和我一貫的認知並不相似。

史教授從交響曲開始講起。不過，講課的時間少，聽音樂的時候多。考試的時候，聽一段交響曲，把一個個不同的樂器分辨出來。功課，就是去聽音樂會，然後寫觀後感。史教授常說，音樂不是用說的，是用耳朵和用心聽的。也因為這樣，我第一次在音樂廳觀賞音樂會；第一次這麼用心地去聽音樂。這也是我第一次聽巴哈的無伴奏大提琴組曲。

那時正好是冬天。天黑得早。傍晚六點半的音樂會，已經像深夜。從宿舍到音樂大樓要走一段路。學校在山上，走遠路就要爬幾座山坡。我抄小路，要走150級的階梯。踩著厚厚的積雪，我慢慢地走著那條無人的小路，雪地上只有我的腳印，和巴哈的大提琴在四周無聲的縈繞。

我從小學開始學鋼琴。務實的蔡媽常說，讓我去學鋼琴主要的原因是萬一我上不了大學，找不到工作，至少可以去教鋼琴。所以，學彈鋼琴並不是我的決定，我也沒有什麼天賦。現在回想起來，我對鋼琴並沒有太熱愛。上了中學，自己騎摩多車去上課以後，有一段時間也會逃課去美術館遊蕩。我常常會質疑自己對音樂的感覺。因為，當音樂成為一種責任和負擔，就不再自由。

離家以後，便沒有必要、也沒有機會再去碰鋼琴。不彈鋼琴很多年以後，我在島國開始去聽交響樂演奏會。有一次，拿到票去看馬友友的絲路演奏會。看到一半，當年第一次在冬夜聽巴哈無伴奏大提琴組曲的感動忽然回來了。我熱淚盈眶。這樣的感動在我心裡久久沒有散去。

我記得我一個人去看電影《入殮師》那天，夜晚回家的路上，接到同事的電話，說前同事愛紗離世了。第二天，我們去弔唁。回教肅穆的入殮儀式過後，我靜靜地告別。回家的路上，電影裡的大提琴聲在我心裡響起。

我慢慢發現，也許，會讓我自音樂中重獲自由的，不是鋼琴，而是大提琴。

常常，我們學習音樂，或者讓小朋友學習音樂，動機是市儈的。比如可以拿到一紙文憑，或者希望小朋友真的有天分，可以前途一片光明。有時我們並不會詢問小朋友的意願或興趣，因為我們覺得我們的決定都是無私的。小吳求了一年要學習小提琴後，我讓她去試一堂課。我跟小提琴老師說，我不確定小吳的興趣能堅持多久。小提琴老師回答我說，有時，小孩子是要逼的，才不容易放棄。我吃了一驚。這時，輪到我不確定自己是不是要進行這個會讓我筋疲力盡的計劃。

後來，我們找到了一家音樂中心讓小吳開始去學小提琴。我想了很久，終於找了一天，開始了我的大提琴旅程。中年學琴，也許不是最有智慧的決定。但是，就是在中年，我們才會終於明白我們的歸宿在哪裡，才有不顧一切的決心去追求一些美好。因為，假如還彳亍，也許就來不及了。

我和同學黃姐聊起我想學大提琴的想法。黃姐很感慨的說，她也想做一些自己喜歡的事情，只是不知道自己實則喜歡什麼。不是每個人都很幸運地從一開始就知道自己的興趣在哪裡。也不是每個人都很幸運地最終找到自己的興趣，可以追求自己的興趣。

當年史教授開啓的一扇門，經過許多個冬夜，無數次的巴哈，在我抱著琴的第一次終於敞開。

而我終於明白，心，要放在那裡，才找得到路回家。

音符和著風落下大地
土壤裂開，迸出一棵芽
痛

歲月靜好

我把小吳新學年的書本扛回家，放在一邊。小吳貪新鮮，摸著新書有些雀躍，纏著我給新書寫上名字。然後一堆書靜靜地躺在書桌上等待。另一邊，是等候成為過去式的舊書。

就這樣不明不白地，多事地一年匆匆過去。

剛開始的時候我們總是充滿著期待。畢竟，我從幾年前就開始籌劃著自己的「2020願景」。小吳上小學，我轉半職一年陪她，怎麼看都是美好的。而且，半天不工作，說有多充裕就有多充裕。許多自己的夢想或許都可以慢慢地去實現。剛開始也確實很理想。我們常常牽著手一邊散步一邊聊天。我們發現了附近的河水有時漲潮時會變成碧綠色，發現了路邊原來種了許多芒果樹，還有轉角拐入一條小路裡面原來都是庭院深深。

疫情阻斷期間留在家裡卻讓我們之間的互動關係起了變化。我們焦躁地做出調適，彼此調整著自己的步伐，整理著一個新的生活狀態。本來以為可以為自己做的一些事情，竟然都沒有實現。

後來我想，適應新常態對我來說或許困難，對於一個六歲的孩子來說，卻也並不容易。孩子要學習的，除了基本的日常生活打理，更要應對環境的不確定。而要孩子放棄玩泥沙、奔跑、迎著風，那樣的童年的美好，更是讓人沮喪。

常常，我們就在這種不知不覺中長大了。

阻斷期間過後，小吳竟然長了好幾公分。第一天回去上學，校鞋緊了。放學後哭喪著臉說腳痛。我差遣她回去學校販賣部買鞋。看著她走入學校的背影，我非常感慨。或許我們對待孩子太苛刻、太著急了，以至於我們沒有好好地看看他們的童真，最後才發覺原來太遲了。

臨睡前，我和小吳聊天，盤點一年的終結。我問她一年裡她學會了什麼，經歷了什麼。她豎著胖胖的手指頭，說學會了騎腳車，游泳，直排滑輪，玩大富翁，加減乘除，看了幾本書，考了芭蕾舞考試，當過班長。我們還一起畫了很多畫，學會烘蛋糕。我想到年中的時候和她小一的老師開家長會，老師說她的英文詞彙量不夠。這一年裡，或者我沒有特意讓她學會更多英文單字，但是在我們散步之中，我見證了她一天天地成長。

好不容易一年過去。好不容易我們適應了彼此，適應了一個新時代。好不容易我們找到心裡的一片藍天。或者我們仍然有許多未知，畢竟誰又會偷窺到未來呢？至少，我們知道，在艱難的時候，我們都會相互扶持。我會牽著你的手，和你散步。

我們的人生從來沒有順遂的。而成長更是需要一番努力，尤其在這樣一個不確定的大環境中。但是，不管如何坑坑窪窪，我們總要在這樣的歲月中開出一個花季來。

祝我們歲月靜好。

不要憂傷，不要著急
不要颱風，不要雨季
你要捻一縷溫柔
往遠方飛行

春天來了

學校的餐廳很貼心地掛上一些紅彤彤的裝飾；菜單添了一道「炒雜碎」，算是慶祝華人新年。鎮上兩家小小的華人餐館，掛上了大紅燈籠。那時正是考試期間，我們約好了在一個同學家聚會吃飯。小餐桌架上個電飯鍋，開了罐頭雞湯，有人從超市買來材料，有人不知從哪裡弄來魚圓肉圓的，這樣打起邊爐來。屋外零下的溫度，飄起了雪。我們在屋內酒酣耳熱。

在國外，這樣吃了一頓團圓飯。

小時候過年，是很期待的。準備過年就已經很興奮。那時，我們家常常會有人來拜年。除了瓜子花生，也要準備汽水招待客人。而汽水是一年喝一次的，更是大事。我們到巷口的泰興雜貨店去選購兩打各色的玻璃樽汽水，然後裝在小木箱裡扛回家。我們興致勃勃地確保各色汽水都有：紫色和綠色的芬達、吉家寶和沙士。雖然我們喝得不多，因為主要還是待客的，但是我們還是選得很開心。

蔡媽會一年一次煮一道八寶鴨。先把材料都切丁，炒熟。菜鴨要洗淨，抹上醃料。把炒熟的八種材料塞進鴨胸腔後，用一支粗大針，穿了麻線，把開口緊緊地縫起來。然後整只鴨要用熱油慢慢淋至上色。之後，再放在一個大蒸鍋裡蒸兩個小時。八寶鴨工序繁多，但是我們卻也不厭其煩。

我們的新年是熱鬧的。有好幾年，蔡媽會隨著舞獅團出外去採青，給獨中籌款。舞獅時鑼鼓喧天，鞭炮聲噼裡啪啦。夜晚，我們會在屋外放煙花，聲響此起彼伏。蔡媽的學生，外婆的朋友，一批批地來拜年。或許那時我們的活動不多，所以有客人來，總是很期待。

來到島國，就從此沒有這麼熱鬧地過年了。

老吳家是個大家庭，一家四十幾口人，除夕分批吃團圓飯，年初一分批到爺爺奶奶家拜年。從第三代的堂兄弟姐妹到第四代，把小小一間三房式組屋擠得鬧哄哄。這樣的過年確實也很熱鬧。但是，比起我小時候的過年，卻總覺得少了一點什麼。

我常常會想，過年的意義是什麼。過年其實很勞民傷財。可是我們卻過得不亦樂乎。我們忙著大掃除、辦年貨、掛裝飾，然後年過完了又一一拆除。我們還要應酬一年見一次面的親戚朋友，聽他們問我們結婚了沒有、生小孩了沒有、賺多少錢等等。其實是很累人的一個場面。

成年以後，我曾經也對這整個過程很厭煩。後來我發現，其實親戚朋友並不十分在意你的答案。轉眼，就已經不放在心上了。所以，你怎樣回答並不十分重要。

我回想起以前，自己其實很喜歡外婆的親戚朋友來拜年。我會在外婆身邊閒晃，很多事地聽大人們說長道短。我想，或者這就是我們和人相處的方式。對我們來說，我們的生活種種、方方面面，都是糾纏在一起的。我們從來就不是西方社會那種界線分明、黑白分明的文化。我們所懷念的「甘榜精神」，就是這種隔著籬笆喊一聲，借鹽借糖，或是媽媽們在洗衣做飯時有一搭沒一搭地聊天訴苦的情懷。過年的繁瑣事務，就是為了這樣一個熱絡的聯繫的藉口。

所以我懷念的，其實不是有汽水喝，有煙花玩，而是一直有人來我們家拜年的那種溫度。

這種溫度，就是春天來了。

大家庭團圓。

你把冬天揉成一團
藏在口袋裡
翻手，開出一朵煙花

美麗的誤會

終于，我獨自去散步。

晚飯過後，我堅持自己步行到附近的商店買鮮奶。多風的季節，年初十的半個月亮挂在無雲的夜空，靜靜的。我走過已經很久沒有光顧的咖啡館，隔壁新開的花圃綠意盎然。沿路的樹木剛剛修剪過的枝椏還堆在路旁，有一股綠草的味道。轉角幾棵芒果樹竟然都碩果累累。

我迎著風，異常珍惜這難得在家庭和工作以外的獨處時間，即便是短暫的。

自從我們家裡添了新成員，生活的重心在不知不覺中轉移了。往後的幾年，我們所做的每一項決定，安排的每一件事情，小孩都是最主要的考量。在這樣一個過程中，往往失去的是自己。我努力地想要平衡一個職業女性的生活，兼顧家庭和事業。但是，幾年下來我發現，所謂的工作與生活平衡其實是一個迷思。

我看了很多如何教育孩子的文獻，甚至是網路文章。很多建議都圍繞著如何培育孩子的自信和健康的心理素質。比如，要以平和的心態去面對孩子的情緒；要給予孩子時間和空間；不要把工作的負面情緒帶回家。最重要的是，媽媽自己要上進，要注重自己的妝容儀態，要有自己的生活等等。這些建議當然都是對的。我只是做不到。至少，我沒有常常做得到。假如我們把每天24小時劃分，實際上我們剩下幾個小時是花在自己的身上的？

最大的困難不在于時間，而是在于精神。我們其實沒有辦法把情緒和感受說切換就切換。工作上的難題隨著我們下班。無論何時何地，像個影子那樣在我們身後潛伏著，一個擺脫不掉的腫瘤。于是我們會不耐煩，會吼孩子，會催促他們，會崩潰。然後我會很愧疚，覺得不應該對小孩子發脾氣。

我想起小時候，蔡媽的時間也是分割成薄薄的一片一片。作為單親媽媽，蔡媽要承受的還有經濟上的重擔。她清晨五點起床，天還未亮就騎著腳車到路口的巴剎買菜，提著一個竹菜籃。然後很長的一天就開始了。周末，她教補習，搞直銷，到小鎮去招生。晚上，有時她去參加社團的活動。我們看見她的時間不是很多。即便如此，蔡媽卻也從不缺席我們參加的大大小小，作文書法比賽和頒獎典禮等等。每年新學期開學，她陪著我們把借回來的書本一本一本用舊月曆紙包好。她平衡家庭和工作的方式，是把我們帶到工作去，或者把工作帶回家。我們跟著她出席了不少學生聯誼會活動，也在家旁聽了很多場辯論會的准備工作至深夜。有時，我們幫她把作業考卷的分數加起來。也因此，我們和她的學生們都熟悉得很。

但是蔡媽是沒有自己的。很多個晚上，我和她躺在床上聊天，話還沒說完，她已經累極睡去。在日常生活中，她也會吼我們，嚴格地要求我們，她也會崩潰。

有時，我在社交媒體上看到一些媽媽和孩子光鮮亮麗的美照，會暗自嘀咕，然後檢討自己的時間管理和修養。後來我發現，或許我們低估了「平衡」這個要求。又或許「平衡」工作和生活，尤其是身爲家長的生活，本來就是一個美麗的誤會。

我們都是時時在掙扎求存的人。在這過程中，我們都試著要做得更好。有時，我們會失控；有時，我們不知所措。但是，我要讓我的孩子知道，生氣是可以的，失敗是可以的，累極是可以的，因爲我們沒有辦法完美。而假如我們無論如何都做不到，至少我們要原諒自己。

畢竟，這誤會太美麗。

忽然之間，背就傴僂了
髮就雪花了
我在遠處目送你的離去
每一步都讓永恒更接近

相聚有時

此後的四十多年，我們每年的清明節都跋山涉水去拜祭葬在家鄉爪夷山（Jabi）的父親。

山頭只有一條狹窄凹凸不平的黃泥路。遇到車子迎頭而來，就要考司機的駕駛技術和睦鄰行為，其中一輛車要讓路，請墳墓主人借一借地方。接近清明節的周末總是人多，設在義山門口的大伯公廟香火裊裊。蔡媽怕擠且日曬，總是天還沒亮就開車上山，卻又不可以在太陽還沒升起之前上墳，所以時間要拿捏得準。清明掃墓有許多禁忌和步驟：要拜祭什麼、拿什麼、先做什麼等。有時忘了拿這個那個，蔡媽會很煩躁。遇到人多車多，我們手提著幾大籃拜祭的物品走上一公裡路去上墳。

把祭品擺好，點好香燭，我們三個孩子爬上墳頭放顏色紙。蔡媽就坐在墳前絮絮不休，把一整年要和父親說的話一股腦兒地全說完。拜祭完畢，我們隨手就把一些都是父親生前愛吃的祭品當早餐來吃。其實，掃墓除了拜祭，更像和已經離開的親人家常的一次聚會。

我記得第一年清明節，父親新修好的墓，花紋漆上了藍色。蔡媽問修墓的人，人家說是擲筊請示的。很多年後，新墳變舊墳，墓碑上的字，漆脫落了，再上漆；墳上的土流失了，再添土；四周新墳越來越多，以至於我們每年都要仔細找一遍。後來我們陸續離家，有時因為工作，有時因為路途遙遠，沒有辦法回去掃墓，便有些冷清凋零。

蔡媽年事漸高以後，偶爾會和我談起身後事。一開始她斬釘截鐵地說，你們把我火化了把骨灰撒在大海就好了。我唯唯諾諾。說了幾年，後來她想到早逝的父親的墳還在家鄉，又深恐沒有人去拜祭，於是開始物色骨灰塔，打算把父親的骨灰移過來島國。

這件事談了很多年，我們都不敢做決定。直到最近，蔡媽終於找到她喜歡的長眠之地。

科技的發展代表了我們可以有更多的選擇，而不限於只是土葬。比如除了火葬和海葬，或者也可以考慮樹葬，還是把骨灰制成鉆石等等。其實，葬不葬對死者來說沒有太大的意義，倒是對生者比較重要。立一個墓碑的用意，只是要讓生者有一個緬懷的地方。如果是這樣，那麼選擇長眠之地的標準，便應該是以方便後代為主。但是，我們常說，富不過三代，其實慎終追遠，也不過三代。那些沒有見過面的子孫，實際上要緬懷什麼呢？

蔡媽選了一個心儀的靈位，兩個骨灰甕。我們陪她去買靈位，她選了和她的好朋友為鄰。她說，你看，這裡多舒服，以後你們來拜祭我，就沏一壺茶，然後你們當作兄妹家人聚餐就算了。畢竟，這裡不是義山，要等到一年一度的清明節才可以去掃墓。

我和老吳也曾經討論過是不是該先計劃自己的身後事，把靈位先買了下來，以便不麻煩家人。也許，精神上會讓孩子覺得父母親並沒有遺棄她，還是在她身邊的，只要她願意，隨時還可以來看看。

也許，蔡媽想的，其實只是在多年以後，和那個沒能白頭到老的丈夫，到最後可以再相聚，在同一個地方相伴而已。

也許，只是因為我們不捨。

還是那個五歲的小孩
匍匐著往山頭前進
趕赴你的來生

現代化的骨灰塔，讓相伴更便利。

山丘

從去年開始，我們同一屆畢業的同學就已經開始策劃一個小型同學會，一起慶祝邁入人生五十大關。在國外的朋友已經買了機票，在家鄉的也開始籌劃來一趟島國之旅。後來同學會雖然因為疫情沒法舉行，但是我們對於步入50歲，卻不約而同地以一種「重生」的姿態來迎接。

臉書上刷屏的，都是同學們的嶄新開始。美萍首先瘦身成功，然後拍了一輯美照。真娣最讓人佩服她運動的毅力和成果。碧璇在生意受疫情的打擊下依然美美地尋找另外的商機。仲儀曬出孩子終於大學畢業的照片，正式進入空巢期。不管是他們，還是其他許多在這個時候作出人生抉擇的同學，步入50歲，是我們生命中的一個轉捩點。

而我們選擇在這個艱難的時刻，華麗轉身。

少年的時候，我從來沒有想像過中年會是怎樣的。即便是對於成年的生活，我都覺得成家立業會是水到渠成的事情。結果，成年以後，才發現原來我們以為很自然的事卻如此的複雜波折。比如事業會不順遂，愛情其實不是那樣美麗。這半生的顛簸，竟也跌跌撞撞地走了這麼多年。

我們的世界消失得太快。我們的年代從黑白電視開始，到彩色電視，到電腦、互聯網、手機，然後物聯網。才不過幾十年，就經歷了幾個世代的科技。有時，我們會不知所措。有時，我們來不及學會，就已經被淘汰。有時，我們茫然著，不知在這個不停旋轉的舞台上該何去何從。

作為夾在中間的一代人，我常常會感覺處在一個困境。在年老的長輩和小孩之間，在家庭和工作之間，我發現原來我把自己遺忘在角落裡。忘記了自己曾經熱愛什麼，為了什麼而快樂悲傷，因為什麼而瘋狂。又或者我忙著讓長輩和小孩快樂，自己卻時時在灰暗中踱步。

我是個喜歡計劃的人。30歲的時候，我們開始做出退休後的財務規劃。40歲的時候，家裡添了成員，我們作為年長的父母，在規劃中多了許多考量。到了50歲，我開始為自己半個世紀的人生清點。我忽然發現，事業對我來說變得沒有那麼重要了。

就是在這個人生的十字路口，我開始思考前去的方向。

如果這半輩子的物換星移讓我學到了什麼，那或者就是適應的能耐。終究，我來到了這個坎，越過了一座山丘，或許就豁然開朗了。我知道無論如何堅持，有些事情我們終要放棄，然後期望有智慧來到這個知天命之年。

我問過好些同學，50 歲的意義是什麼。原來大家的共識，就是讓生命回歸簡單。簡單的衣櫃，簡單的旅行，簡單的生活。誠然，我們還是有生活的重擔，還是灰心的一代，但是我想，分別在於現在我們能夠站在山丘上，以更遼闊的心態來應對日常繁瑣複雜的問題，讓生活簡單化。

所以，我們選擇了「重生」的姿態，在人生的半途把更美好的自己找回來，然後宣告下一段旅途的起點。

打開50扇門
翻越50座山丘
橫跨50條河流
歲月在唱著走調的歌

在人生的十字路口，我們選擇重生。（照片提供：美萍）

假如我們說再見

假如我們終於要說再見。又或者，我們根本來不及說再見。你如果想哭，你就盡情地哭。你盡情地嚎啕大哭，哭至乾涸。哭完了，就不再有眼淚。然後你就可以繼續你的人生，不必再有我。

我常常告訴自己，如果你有些什麼不懂，做錯什麼事情，那都是我的過錯。你對這個世界完全不了解。你不知道怎樣自己吃飯，自己洗澡，不知道什麼是雲，什麼是海，什麼是藍色，什麼是微風……更不必說什麼是人心險惡，還是以德報怨，諸如此類。所以我要手把手地告訴你。我帶你走路，告訴你閃電的時候不要站在樹下，告訴你路邊的芒果給鳥啄食的都是甜的，告訴你失望是什麼，愛是什麼，而傷心生氣是可以的。

我以為我教了你許多，但其實，你才是讓我成長的人。我看著你學會走路，學會騎腳車，學會游泳。每一次，我看見你臉上的恐懼和不安。但是每一次，我都看見你勇敢地一次又一次地跨過障礙，一次又一次嘗試，到最後快樂地微笑。你教會了我，原來人長大以後會變懦弱，而我們要找回我們最單純的勇氣，才能勇往直前。然後我知道，即使我不在你身邊，你也會勇敢地渡過長河。

你讓我知道，時間不急。急的是我們。但是，成長是急不來的。我有時會暗暗著急，深怕你學不會什麼，或者遲了錯過了什麼。你卻一而再再而三地提醒我，你心裡有個時間表，幾時你要長大，你會長大。你提醒我，早晨是可以花個五分鐘在被窩裡擁抱親親，因為世界不會因為我們遲了一分鐘而停止轉動。你提醒我，快樂的源頭，是最純真的玩樂，和愛。你也時刻提醒我要信任你，因為你心裡有譜。所以我知道，以後我可以放心地讓你去遨遊。

我都忘了這些。我們常常被煩囂蒙蔽，忘了原來最簡單的事情會讓我們最動容。你還讓我更認識自己。從你的身上我看見自己，然後我驚覺原來歲月讓我變成一個不美好的人。於是我學著成長為一個更好的人。因為你。你讓我意識到我要愛自己，那樣我才有能力給你更多的愛，因為愛，是以乘數加倍的，而且無止境。

我不是一個完美的人。我所能給你的，實在有限。除了給你幾盞燈，我實在不能代你失望，代你受傷，代你跌倒。我當然也不能代你幸福，代你飛翔。假如我們說再見的時候，你還是少年，請你提著那幾盞燈，慢慢地、謹慎地，摸著石頭過河。

假如我們說再見的時候，你已經成年，請你不要跟隨我的步伐。你要記得當初你的堅毅和勇氣，你的單純。往後的日子，你會心碎，你會悲傷，你會憤憤不平，會感覺無助。但是，你也會驕傲，也會幸福，會充滿愛。所以你要想起當初你是多麼的勇敢，多麼的堅持。然後往你自己的方向前進。

假如我們終於要說再見，我希望我給你的燈已經照亮你的生命，生生不息。謝謝你教會我愛有多麼無限。謝謝你讓我再成長一次。謝謝你讓我愛你。

不要懷念我。

即便我已經枯萎
還是會以殘留的余暉
為你照明

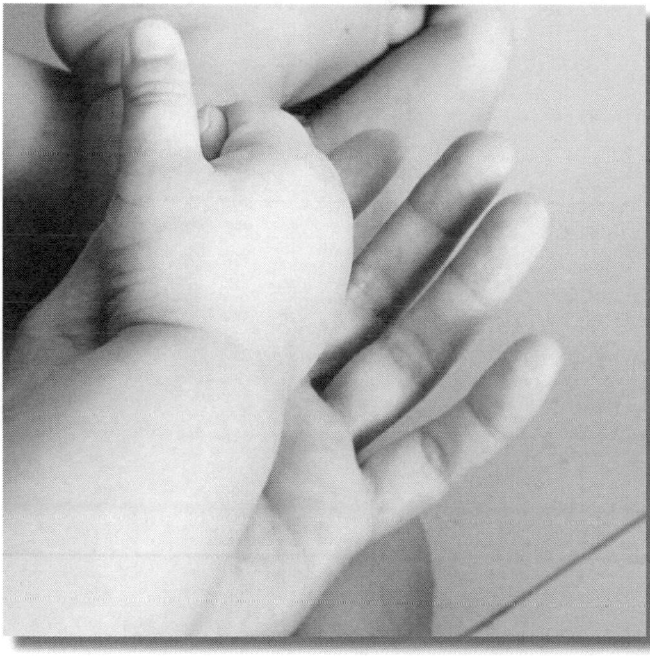

後記

散步以後，雨落下一園的春 ◎ 蔡欣洵

我是個喜歡走路散步的人。這還是得從夏威夷說起。

我在夏威夷讀書的時候，常常在午餐時間穿過綠樹陰翳的公園到學校附近的州立圖書館看書。這段路特別怡人，特別寧靜。轉校到華盛頓州以後，校園在山上，我每天走過綿延的山坡。春天，走過棉花飄落的街；秋天，踩著滿地橙黃的落葉；冬天，踏過皚皚的雪。後來來到島國，搭乘公共交通工具，走得也多。而小吳開始上學後，我從全職的工作轉到半職。這一年間，我上午上班，中午下班後去接她回家，陪她。就是這段時間，我們開始在傍晚沿著公園聯道散步。

很多文章和詩，都是散步的時候醞釀而成的。

對我來說，創作是生活的成品。無論是寫文章，寫詩，畫畫，都應該以生活為根本。生活是創作的養分；沒有認真的生活，我的創作是貧瘠的。所以，這本書無關政治，無關任何大課題，只是一個很日常的絮絮叨叨。而我的日常很繁瑣，很不耐煩。常

常，我在煮飯洗碗熨衣服之間，蹦出一兩個句子，或一行詩，但是苦於沒有時間坐下來寫，便得收在心裡，然後才在空隙時間裡付諸於文字。這些文字，就是在等小吳放學，或上才藝班，或睡覺之前，分很多天、很多時段，在小小的手機屏幕上寫成的。

創作也是思考的成果。我的生活十分有規律。我也是一個十分有紀律的人。但是在創作這方面，我唯一的紀律，就是不間斷地思考。許多以前走過的路，經歷過的歲月，在思考的過程中如河般清澈透明。以前的種種渾濁漸漸沉澱。也許是因為年齡的關係。畢竟，人到中年，懷念的人與事漸多。只是在不同的時間點看同一個故事，卻會看出不同的紋路來。就好像那人在心裡明明是一個樣子，再見面卻原來左眼眼角有些下垂，手臂有顆痣，聲音有點沙啞，以前竟沒有發覺。

我們都是由過去一片一片疊成的。因為過去，才會賦予了我們深刻的現在。《有時，我們遠行》，不是關於留戀著以往，而是關於記住現在，關於不要遺忘我們的美好，關於即便是遠行、或離開，我們還是要時時回首當初如何成就了我們，回到原點。於是，輯一是我的原點；遠行到輯二，我不敢忘記當初來的旅途，沿途的景色。

開始的時候只是因為要支持推動島國文學的年輕人而開始每月寫專欄。沒有想到「新文潮」很有誠意地願意促成一本散文集成形出版。我創作的時間很長。從中學就開始零零散散地在馬來西亞、新加坡、台灣的報刊雜誌發表詩和散文。幾十年以後，有一本書作為驛站，竟也無限感慨。

人生總有許多遺憾。那些遺憾，並不是我所能夠彌補的。我所能做的，或許只是在有限的時間和空間裡，抓住夢想的尾巴，畫一個圓。

假如人生是一次漫長的散步，那或許這本書會是散步的途中飄落下來的一園春雨罷。

新加坡國家圖書館出版品預行編目（CIP）資料

Name(s): 蔡欣洵 .
Title: 有时 , 我们远行 = A long walk / 作者 蔡欣洵 .
Other Title(s): Long walk | 文学岛语 ; 005.
Description: Singapore : 新文潮出版社 , 2021. | Text written in traditional Chinese scripts.
Identifier(s): ISBN 978-981-18-1709-0 (Paperback)
Subject(s): LCSH: Singaporean prose literature (Chinese)-- 21st century. | Chinese prose literature--21st century.
Classification: DDC S895.14 --dc23

文學島語 005
有時，我們遠行

作　　者　蔡欣洵
總　　編　汪來昇
責任編輯　洪均榮
美術編輯　陳文慧
校　　對　蔡欣洵　洪均榮　汪來昇
出　　版　新文潮出版社私人有限公司
　　　　　TrendLit Publishing Private Limited (Singapore)
電　　郵　contact@trendlitpublishing.com

中港台發行　秀威資訊科技股份有限公司
地　　址　台北市內湖區瑞光路 76 巷 65 號 1 樓
電　　話　+886-2-2796-3638
傳　　真　+886-2-2796-1377
網　　址　https://www.showwe.com.tw

新馬發行　新文潮出版社私人有限公司
地　　址　366A Tanjong Katong Road, Singapore 437124
電　　話　+65-6980-5638
網路書店　https://www.seabreezebooks.com.sg

出版日期　2021 年 10 月
定　　價　SGD 23 ／ NTD 300

建議分類　現代散文、新加坡文學、當代文學